傅菲作品系列

瓶子里的鱼

傅菲 —— 著

山西出版传媒集团 北岳文艺出版社
BEIYUE LITERATURE & ART PUBLISHING HOUSE
·太原·

图书在版编目（CIP）数据

瓶子里的鱼 / 傅菲著. — 太原 : 北岳文艺出版社，
2018.9（2023.6 重印）
（傅菲作品系列）
ISBN 978-7-5378-5651-5

Ⅰ. ①瓶… Ⅱ. ①傅… Ⅲ. ①散文集—中国—当代
Ⅳ. ①I267

中国版本图书馆 CIP 数据核字（2018）第 182269 号

书　　名：瓶子里的鱼

著　　者：傅菲
责任编辑：贾江涛
书籍设计：张永文
插图绘画：段珮华

出版发行：山西出版传媒集团·北岳文艺出版社
地　　址：山西省太原市并州南路 57 号
邮　　编：030012
电　　话：0351-5628696（发行部）
　　　　　0351-5628688（总编室）
网　　址：http://www.bywy.com
E - mail：bywycbs@163.com
经 销 商：新华书店
印刷装订：山西万佳印业有限公司

开　　本：890mm × 1240mm　1/32
字　　数：138 千字
印　　张：7
版　　次：2018 年 9 月第 1 版
印　　次：2023 年 6 月山西第 2 次印刷
书　　号：ISBN 978-7-5378-5651-5
定　　价：48.00 元

目录

蓝调小镇

夕阳将落，给人一种莫名的悲伤。山梁像一个倒卧的人，它弯曲的弧线有些重叠和交错。小镇依傍在饶北河边，让一个远游归来的人获得慰藉。夕阳在铁炉里做最后的燃烧，赤色的光彼此交织，向大地投射。在很多年之后，我才知道，夕阳是一个时间的奔赴者，热烈，不知疲倦，要吐尽体内最后的血，才能得到安息。是的，夕阳落下的地方就是每一个人的投奔之处。

我站在小镇的石拱桥上，看到山峦是匍匐的，绵绵的青蓝给我淹没感，恍若强大的气流。在离开小镇之前，我经常一个人在河边看夕阳。天空铺满桃花色，山梁像一群小兽，慢悠悠地走。炊烟起伏，暮归的人群隐没在林荫小路，稀薄的人声在水面扩散，细密地波纹般荡开。渐渐地，仿佛有黑色的液体被倒入空气中，一桶，两桶，三桶，直至视野炭黑，小镇四周的原野被浓缩成一滴露水，夜晚就这样在眉宇间降临。确实是这样，我曾经迷恋过小镇的黄昏，山岚游弋，霞光飞泻。饶北河曲折地弯过屋舍，在镇头，与古城河汇流，形成一个怀抱状的半弧。

我曾经迷恋过小镇的黄昏，山岚游弋，霞光飞泻。饶北河曲折地弯过屋舍，在镇头，与古城河汇流，形成一个怀抱状的半弧。

镇头有一个三角形的小广场，来来往往的人聚集在这里，等候南来北往的车辆。车站是一栋小楼房，青灰色的砖墙散发出南方柔绵的忧郁气息。售票窗口的上方，贴着法院的布告和寻人启事。布告上用红线圈起来的名字，作为一种令人警醒的符号，已不属于罪犯本人。那些年，罪犯大多是两类，一类是强奸犯，一类是抢劫犯。小镇里，最常见的案犯是小偷。车站的门口是一条小街，街面上搭着油毛毡的黑棚，黑棚用竹篾隔成一个个房间，杂货店和清汤店就开在这里。小偷一只手拿报纸，另一只手拿夹子，跟在人的后面走路。我知道小镇里最负盛名的小偷，叫乌铁钉。关于他行窃的故事，广为传播，当然传播的不是他侠义偷盗，像个楚留香，而是他高超的偷盗技艺。但我并不认同。有一次，在车站对面的饮食店里，我在吃清汤。坐在我对面的是一个外地人，在吃饭。乌铁钉进来了，拿出五毛钱给老板娘，说：来一碗清汤吧，葱花多放一些。他一边说话，一边转到外地人的身后。乌铁钉穿一件短袖白衬衫，头发油亮亮地往两边梳，皮肤像淤泥。乌铁钉用夹子伸进外地人的裤兜，夹出一个折叠的蓝布包。外地人吃得津津有味，满头大汗，没有丝毫察觉。我们坐的是八仙桌，我用脚一踢凳脚，外地人身子往后一倒，把乌铁钉撞在墙上，蓝布包撒出一地的角票。乌铁钉撒腿就跑。

近邻车站的是卫生院。卫生院有一个空大的院子，院子里种满了石榴和菊花。它馥丽香薰的气息被河面送来的风吹远。屋廊幽长，给人空寂的错觉。庞对卫生院深恶痛绝——他在这里做了生殖系统手术。他说：我总有一天会把卫生院炸掉。庞是从县城来小镇工作的，有费玉清般的歌喉，才艺超凡。在小镇里，我没有见过比他更讲究仪表的，即使是夏天，他也穿一件白衬衫，打黑色的蝴蝶结。每天傍晚，他要在他的单身宿舍里练声。宿舍不足二十平方米，光线黯淡，他坐在窗户下，一边弹手风琴一边练声。“咿、咿、咿……呀、呀、呀……咪、咪、咪……吗、吗、吗……”似乎约好了一般，镇里几个体态丰腴的少妇就坐到他的房间里，脸上露出仰慕的神色。窗口则趴着一群小孩。我是其中之一。练了半个小时的声，他又站到屋外的梧桐树下，开始唱歌。他一天只唱三首歌。那是一些民歌，有《茉莉花》《蓝花花》《这么好的妹妹见不上面》《在那遥远的地方》《半个月亮爬上来》《敖包相会》。少妇们听完了歌，还不愿离开，围着他叽叽喳喳。我至今记得一个小学女代课老师，喜欢穿一件睡袍一样的桃红色连衣裙，趿拉蓝色的凉鞋，手里拿着《歌曲》杂志，每到华灯初上，就去庞的房间。庞一直是作为偶像而存在的。他清俊硬朗，气质优雅，为人谦和。他每天早上要去河边吹笛子。他穿一套米色的运动服，在河滩练半个小时的武术，再坐在柳树下吹笛子。直到我参加工作之后，我才知道，庞是全县的“第一支笛子”，当年因离婚而被贬入小镇。

我从来没有想过我会和庞有兄弟般的友谊。我回到小镇工作时，庞已再婚，女儿四岁。因庞爱写诗歌，我们日益密切。我们骑自行车到各个村子里探访山水，寻觅美食。有一次，我们骑车去钱墩村看秋色，金色的田野漫溢而来。钱墩有许多柿子树，柿子已完全绛红，霜后的树叶不但没有给人萧瑟的感觉，反而有卷席而来的热烈。饶北河岸边的秋天就是这样，驳杂，斑斓，迷乱，让一个不经意穿行于山间田畴的人有些恍惚。庞说，秋天虽然奔放，但不免悒郁。那时我尚年轻，像一枚青涩的柿子，还没有经历生活的波折，自然对庞的了解是肤浅的。他的变化是从仪表开始的，他不再打蝴蝶结，就连冬天也不打领带，甚至也不练武术了。虽然他当年的仪表略显夸张，与小镇拙朴、简陋、略带萧瑟的风格不相符，但我更认同于前者。他那时还没有三十岁，即使是单身，仍然没有颓废之感。

小镇有一条古朴的明清建筑老街，约有两华里长，像一条盘结的肠道。街面上摆满了琳琅满目的货担和货摊。货担是竹丝编织的，有箩筐、箢箩，货物则是大蒜、核桃、木炭、毛茸茸的小鸡小鸭。货摊则是用门板搭在高脚凳上，码着一板板的棉布，或者皮凉鞋、肥皂等生活用品。最繁华的地带是小学门口。门口有一棵高大的洋槐树，树下有一片开阔的水泥地。补鞋的，打锡壶的，包清汤的，煎饺子的，拉二胡卖唱的，耍蛇的，卖狗皮膏药的，都聚集在这里。穿桃花色连衣裙的代课老师，就在这个小学上班。据说她嫁给了一个百里外的矿山工人。小镇里有许多关于她的桃色新闻。

在我整个青少年时代，女代课老师是我见过的最美的女子。记忆中，她总爱穿殷红的灯笼裤，束腰圆领短袖碎花白底衬衣，高跟的银色皮凉鞋走过小街的石板，有“嗒嗒嗒”的回声。她高挑、丰腴、白皙。她的脸饱满而不浑圆。她喜欢仰起脸说话，鼻子尖冒着细汗，嘴唇棱角分明，会含羞花一样颤动，仿佛准备随时和人接吻。有一次我在洋槐树下补鞋（当时我在小镇工作），她也在补鞋。补鞋师傅还是十年前的那个，酱瓜一样的脸，只吃蒜头和豆酱下饭，他说他肚子里有寄生虫，蒜能杀虫。我对女代课老师说：你以前真美。“那是多少年前的事情了。你是哪里人，怎么记得我呵。”她说。我说：“我以前在中学读书时经常看见你，你爱唱歌，也爱听歌。”她眼帘低垂下来，说：“因为那时还有期盼，想找到一条通往镇外的路。”她坐在凳子上，身子显得有些臃肿，脸上爆出芝麻一样的斑点。我突然觉得她像个麻布袋，里面装满了棉花，看起来圆滚滚的，但并不重。有一次(我离开小镇二十年后)，我的一个音乐老师说起她，语气轻佻。我的音乐老师在当民办老师时，和她相爱过。

在小镇的街中段，有一个大型的供销社商场，我忘记了在哪一年，商场撤了，店面分割成一家家小店铺。这是一栋两层木质结构的民国初年的建筑，中间有一个大天井，阳光迷迷蒙蒙地在天井中悬浮，像尘埃。在我二十岁那年的秋天，我每天傍晚从教书的学校骑十华里的单车，拐过一条幽暗的弄堂，穿一个侧门，把车放在天井里，咚咚咚，爬上木板楼梯，到二楼一个狭长临街的房间里。庞做了生殖系统手术后，一直住在这里疗养。

“这样活着有什么意思呢？”庞不止一次对我说这句话。我想，一个人完全理解另一个人是十分困难的，即使彼此的关系亲密无间。我和庞就是这样的。我觉得庞是十分幸福的，虽然他曾有过两次婚史。我不知道他第一次婚姻是怎样结束的。他的第二任妻子，是个娇美的知识分子，年龄比我大不了几岁。夫妻之间的秘密也许只有夫妻之间才能解密。在那段时间，庞和妻子经常吵架，吵架的原因都是因为一些生活琐事。有一次，我去看庞，他躺在床上，下腹裹着纱布。他妻子说：晚上吃鸭子吧，鸭子是一个老表手上买的，鲜活的。庞说：想吃稀饭，稀饭好，人会清爽一些。他妻子有些不高兴，说：你死了我都不管。坐在凳子上，她呜呜呜地哭了起来。我说：这有什么好哭的呢，烧一些稀饭，也把鸭子烧了。她说：他就是要和我唱反调，对我不满意。庞说，她就是想我早些死，天天吃荤的，我身子受得了吗！他们开始激烈地争吵。每次争吵之后，他们又显得异常恩爱，手牵着手，一起到街上散步。

在那个木质结构的房子里，我认识了许多小镇上的“奇人异士”。有一个沉迷武功的江湖游医对庞很友好，姓名我忘记了，他的身子像干枯的松树，手像藤条。他每次来，都要和庞在天井里比试武术。有一次，庞对我说：我教你武术吧，这是个十分有用的东西，有了武术，别人不敢欺负你。我对运动的东西，没有一样是喜爱的，体育课都不愿上，更别说叫我现在习武了。我说：那你和老婆打架，每次都是你老婆赢，脸上脖子上都被抓了一道道血痕，你练了十多年的武，还不如你老婆呢。庞被我说得笑了起来，说：女人要发威就让她发发威，我要打她，一拳下去就把她肋骨打断了。我相信他说的是真的。有一次庞从市里回小镇，在班车上遇到小偷，庞一把扭住小偷的手，小偷就蹲下了身子。小偷是团伙的，有七八个，有的拿刀，有的拿棍，一拥而上。庞脱下上衣，卷在手臂上，把七八个人全打趴下去，其中有两个人手腕骨都断了。

我已经很少看到庞拉手风琴了，甚至歌他都不唱了。他的女儿还是五六岁，整天拽着他的衣角，跟他去河里游泳，去街上买菜。庞已经和小镇里的人没有什么两样了。我不知道是小镇同化了他，还是他放弃了独树一帜的想法。他和我一样，天热了，穿一双拖鞋，大赤膊，在街上混来混去，到了冬天，穿笨拙的大棉袄，弓着身子，双手插进袖子里。其实我知道他们夫妻不和的主要原因是庞的生殖系统手术给庞的自尊带来毁灭性的伤害。

与我们在一起玩的，还有一个叫氓的人。他是一个小学老师，和我一样，刚从学校毕业。氓似乎懂事得特别早，像一条猎狗，四处寻找猎物。我们有使用不完的精力，和小镇边上的峡口水库差不多，只要下几场雨，很快就涨满。氓比我大两岁，而我的青春期到来得要慢一些，我对男女之情还不知道体会与回味。我们在一起吃饭，氓就说起女人。他说：昨天我在粮站，看见一个女人，一定是新分来的毕业生，我要把她搞到手，不能让她给跑了。整个小镇，达到婚龄的女子，没有氓不熟悉的。放了学，他骑一辆永久牌自行车，到各个村里穿梭。他有着惊人的记忆力，女孩子的年龄、学历、家庭状况，他如数家珍。他喜欢吃红烧肉，巴掌一般大，牙齿咬下去，“吱”的一下，肉油从嘴角飙射出来。

他用手摸一下嘴巴，说，没有肉吃就浑身难受，没有女人也浑身难受。不知道是氓求女心切，还是目标太多，他始终两手空空。“看你猴急的样子，我帮你介绍一个吧。”庞说。庞把表妹介绍给他。表妹是个裁缝，在邻近的小镇里开了一家裁缝店。其实，我们都认识庞的表妹，圆脸，皮肤黝黑，发胖，像一棵柚子树。庞的表妹在当地口碑不好，私生活饱受非议。庞私下对我说，缺口的锅配缺口的灶，他们是很般配的。我却表示怀疑，一个是文质彬彬戴金边眼镜的老师，一个是初中没有毕业的乡村女裁缝，坐在一起，一个是黄瓜，一个是南瓜，共同之处太少。但氓表现出浓厚的兴趣，三番四次催促庞快点去牵线搭桥。一天傍晚，我们三人骑着自行车，往庞的表妹家骑去，讨论着相亲可能出现的问题。

庞的表妹张罗着饭菜，我说：氓，你带表妹到街上走走吧。表妹咯咯咯地笑起来，嘴角露出两个大酒窝，眼睛斜瞄着氓。氓嘿嘿嘿干笑，一副有些不好意思又有点急不可耐的样子。我、庞、庞的舅舅舅妈，等他们回来吃饭，菜热了几次都等不到他们，派人到街上找遍了也不见影踪。事后我们才知道，氓和表妹散步不到十分钟，就到镇招待所开房间过夜了。相亲原本是一件高兴的事情，但庞那天喝醉了，醉了就哭。我第一次看见庞肆无忌惮地哭，双手抱住自己的脸，肩膀颤抖。他的喉咙里，仿佛有汹涌的山洪，汹涌而出。我们很是惊讶。我突然感觉到我和他之间有着崇山峻岭的距离。是的，他活得并不幸福，而这种压抑，并不是我所能了悟的。那天晚上，他一直抱住我的肩膀，坐在屋檐下的竹床上。我们都没有睡。他反反复复地说："你是我的兄弟，我在家休养一个月，你每天都来陪护我。一到放学时间，我就站在走廊上，看着你穿过弄堂，拐进我的天井里。我远远地就能听出你自行车摩擦过街面的声音，嘶嘶嘶，是那种旧唱片旋转的声音。"我说，我从来没有想象过，也不敢想象你是我的兄弟，你的指缝和眉宇之间，哗哗哗地流淌着音乐，我在孩童时期就仰慕你的才华。我说：一个人无论遇到多少的不幸，世事可以剥夺人的名望，可以剥夺人的肌体，但才华是无可剥夺的，才华就是尊严。

我们从来没有像那个夜晚那样真切地交流。是的，庞从来没有满意过小镇的生活——在一个简陋的办公室里，他负责写整个单位的文字材料，对他而言，没有任何意义和快感，甚至是一种耻辱。但他又不得不天天面对。他没有别的路可以走，也没有路可以选择。即使他对小镇的生活有所满意，也只是暂时的。小镇像一个池塘，而他是长江里的江豚，会搁浅窒息而死。

疏朗俊秀的古城山，绵密矮小的峰峦，山下种满瓜果的沙滩，春天水汪汪油绿绿的禾苗……在记忆中，它们从来没有给人温暖的感觉。它们是那样生涩，略带南方潮湿的伤感。天空有半弧形，夤夜瓦檐潺潺的雨声会让人突然想起一个人。

我站在车站的小广场上，拎着简单的行李等班车去县城。这是我二十一岁那年的正月初七的早晨。我将去县城上班。小镇离县城有五十公里。一条简易的土公路沿着饶北河蜿蜒。我十五岁离开小镇去县城上学，十九岁回到小镇教书。班车像毛驴车，一路颠簸。我熟悉这种感觉——孤身上路，独自生活。雨后山上的松树油淋淋的，河两边的村舍掩映在洋槐林中，稀稀的炊烟与薄雾融为一体，萦绕在树梢。

前一天晚上，庞夫妇在家里为我饯行。氓作陪。氓是新婚，庞的表妹有了五个月的喜孕。庞和氓说着祝福的话。可以想象，这样的晚宴对庞而言，会撩起伤痛。县城，他比我更熟悉，也比我更向往。他原本属于县城，或更大的城市，他的才华不能不让他有十万八千里的抱负，只是他从来不曾流露。

小镇就像一个鸟巢，每到一定季节，小鸟就群飞了。之后不久，氓去了深圳，闯荡江湖，庞去了厦门，在乐队里当了歌手。庞穿着蓝色的西服，像个骑士。分别的时候，我拥抱了他，我说：去做真正的自己，做自己喜欢的事情。在很多年里，我都没有看过他如此神采奕奕，他似乎一直在冬眠之中。大地回暖，他也终于苏醒，得到重生。

县城生活并没有我意料之中的多姿多彩，相反，是单调呆滞，缺乏生趣。我借居在一个单位招待所，白天上班晚上写作，唯一的娱乐就是和室友打牌。此时，我人生中的第一次恋爱，已近尾声。我上班的单位是一个文艺团体，我每天靠在藤椅上，看着窗外的芭蕉，痴痴地发呆。有时候，我一个人走在街上，看见去小镇的班车，就坐上去。到小镇下了车，我却找不到一个适合的场所逗留下来。通常是这样，从车站绕过一片菜园，沿河堤逆河而走。河堤是石灰石砌成的，堤面覆盖着厚厚的地衣，临河生长着茂密的芦苇。对岸是橘子树的幼林，茅草搭建的窝棚若隐若现，不时传来阵阵狗吠。小镇偃卧在河边，像一朵睡莲。我像一个偷窥的人，从每一个角度观察着裸露的小镇：酱油厂腐豆霉变的气息被风挟裹，古老的时间带来绵绵不尽的细雨洒过灰褐色的瓦屋，小巷深处咚咚咚的打更声是那样的亘古悠远，老药师坐在板凳上捣着铜盅里的田七，面目清瘦慈祥像一根熟透的苦瓜，猫跳过飞翘的屋檐，傍晚的蝙蝠扑打着宽大的翅膀从头顶掠过……

1991 年，我二十一岁。在时间的切片里，那是很薄的一片，青色，有苦味，咀嚼起来有些难以吞咽。我一次次无缘无故甚至毫无念头地回到小镇，并不是说我多热爱小镇，而是对县城生活不适应（也说不上厌弃）。小镇已然是一个远去但遗留着温度的怀抱。说实在的，我也找不到另外一个地方，取代这个小镇，让我暂时得到某种慰藉。

泯成了不知所终的人。和庞谋面已是两年之后。他经常往返于小镇与县城。有一段时间，镇里传言他在办离婚手续。但我不相信，夫妻分居两年，不是感情不和而是生活的需要，即使男女双方各有一些传言，也仅仅是传言而已。庞不会和我谈起他们夫妻间的事，我也不会多问。但我看得出，庞和他的妻子有深深的隔膜。在我办公室里午休，他突然对我说：结婚真是没意思，完全属于义务劳动。有一次，我去小镇看他，他正在睡懒觉。我说："我跑了五十公里了，你还在床上啊。"他说："我找不到起床的理由啊，起床干什么呢?""你不去厦门了?"我说。"在外挣钱只能是权宜之计，不是解决问题的根本方法。"庞说，"可能我活着就是为了受苦吧。"

我很少看到庞把悲观表露无遗。庞说：我准备把老婆调到县城里，在想办法。我说：老师进城不会很难，关键是你要同时进城，难度就大了。庞说：小孩进城读书是主要的，我自己无所谓，我就这样了了此生。我说：你才三十多岁，怎么能这样想呢？"我从小就是一个有梦想的人，我有飞翔的翅膀，可我没有天空。"庞说。我说：我也是一个抑郁地生活的人，有过悲观的时候，但我从来不会放弃，放弃意味着从未开始。

在那一年的时间里，庞隔三岔五跑到县城，有时拎着茶油，有时提着香菇，送给相关部门的领导。过节了，他还带一些鸡鸭鹅之类的家禽，给办事人员。庞在厦门挣了两年的钱，因为调动，也花得所剩无几。他是一个豪爽的人，宁肯自己吃亏也不愿亏欠他人。大概过了一年多，庞调入县城的一个对外交流部门，他的妻子进入一所学校教书。而我调到了临近县城几华里的市区。

有一次，庞打电话给我，说：氓回来了，大家一起吃餐饭，好好聚聚。氓胖了很多，像蒸熟了的白玉豆。原来氓在深圳一直做销售假货的生意，短短几年，资产累积了好几百万，正计划回县里投资实业呢。我很后悔这次聚会——我愿意氓永远是记忆中的氓，贪吃，好色，温文尔雅，不虚饰，乐于让人取笑，也乐于取笑他人。而今氓变得猥琐，缺乏气度，举止又轻狂。吃完饭，我就走了，我甚至客套的话都没有说。直至现在，我和氓同在一座城市，但再也没有相见，他约我多次，我都推脱了。

有好几年的时间，我很厌恶县城，也许是它没有给我留下恬美的记忆，也许它给人彷徨无措，以至于我完全疏离了它。我也很少和庞往来。他也很少到市里来。他沉迷于武功。在旭日东路的花园里，每天凌晨五点，有一个穿对襟蓝色大褂，在葡萄架下打坐练气功的人，就是他。他手上捏着两个鸡蛋大的铁弹丸，须臾不离。他已经很少和人交流了，也基本上不上班。他隐居在自己的斗室里。他成了虔诚的佛教徒。有几次，我想去他家玩，他都说：不要选择在双休日去，双休日要给学生上课。原来他带了一帮学生，学习音乐。去年暑假，我接到过一次他的电话，他说他小孩上大学了，想请我去喝酒。我说：你小孩怎么就毕业上大学了呢，不是前两年才上小学吗？庞说：那是多少年前的事啦。我说：我家里还有我们去采摘柿子的照片呢，你小孩还没板凳高。到了请酒的那天，我因为有事又不能去了，让我内疚了很长时间。

我已经很多年没有回小镇了。这不是五十公里距离的原因。小镇公路两边建了密密麻麻的小平房。小镇越来越臃肿，像一块油炸面饼，河边的洋槐大多被砍伐，到了秋天，河堤上的芦苇满目的哀黄。在最初离开小镇的那些年里，我常常有怀才不遇的感觉，执着而无望，孤立而无援。但我最终选择按自己的方式去生活——顺从于内心的法则，与外部世界达成某种妥协。一个人幸福与否，与自己的才华和生活的地域没有任何关系。当我这样去理解生活时，我已近中年。

美蛾

“那个穿红色棉袄的女人是谁？”我问刘福贵。刘福贵正在挖芦苇，脚上的解放鞋裹着一层黄泥垢。他嘿嘿地笑。我发了一根烟给他。用锄头柄撑着下巴，他说：“傅总，你真不知道她是谁？”我说我哪会知道呢？我才来上班一个月，单位一百多号职工，还有很多没见过面呢！尤其是后勤员工。穿红棉袄的女人在围墙另一头给桂花施肥，把桶里的鸡屎肥用小铁铲铲到根部的小洞里。刘福贵说：那女人是我老婆呢！我也嘿嘿地笑。他说：“你怎么都没见过呢？”我又说：“你把这块凹地里的芦苇全挖了，种到东边斜坡里，明年春天发芽生根，能防止水土流失。”

接连几天的下午，我都到那块凹地去走走。刘福贵用板车把芦苇拉到斜坡去种。他老婆在后边推。隔几天，他老婆就换新样式的衣服，不是大红就是粉红，要么浅红。

有几次，晚饭后，我在河边的石滩上散步，刘福贵也来。我发烟给他，他马上掏烟，说：抽我的。我说：抽我的，好日子先过吧。他堵住我的手，把他自己的烟叼到嘴巴上。我说：你这样就是分彼此了。他连忙接过烟，说，好好好，不分不分。每次都这样。烟抽了一半，他手机铃声响了：我是美蛾，你在哪儿？他接了，声音很大，说：“我陪领导散步。”我说：“这音乐是谁下载的，别致又好听。”他说：“我女儿，读高二了，可聪明了，什么都会，就是成绩差。”我说：“美蛾是你老婆吧，是不是怕你外出找相好，盯着你。”他又嘿嘿笑起来，说：“我老婆怕我在外面找女人，蚂蝗一样叮着我。”“谁叫你长得帅，女人不找你找谁，你可不能责怪你老婆。”我说，“你肯定有过很多女人。”刘福贵连忙摆手，说：“没，没，不过，以前有几个，都说我人好呢。”

凹地有十几亩，芦苇茂密，叶子有些衰黄，间杂地长了苦竹和漆树，麻雀和画眉鸟在芦苇和苦竹里，飞来飞去，叽叽喳喳，偶尔蛇不动声色地溜滑而过，冷不丁地吓人一跳。两边是山梁，斜斜的山梁往两边披垂下去。山梁种满了山油茶。正是山油茶开花时节，白白艳艳，细腰的黄蜂嗡嗡嗡，使冷寂的山野显得更加冷寂。这是一个荒废空寂的山野，村庄在两华里之外。凹地下面，是收割之后的田野，白白的稻茬和茵茵草色铺展，给冷秋平添了几分素练静和。我是想把凹地平整出来，移栽一些茶花、三角梅、木荷、杨梅，修建几条鹅卵石小径，种上迎春、葱兰、月季、菊花，筑两条弯弯水沟，养几条锦鲤。说是去走走，倒不如说是去看刘福贵干活，也可以把我的想法和他深度“勾兑”一下。刘福贵是单位里的杂工，水电活、木匠活、水泥活、锅里活，他都能干，且有一身力气，更主要的是不惜力气。有一次，宿舍里的窨井堵塞了，污物四处流溢。刘福贵穿一件连裤的皮

穿红棉袄的女人在围墙另一头给桂花施肥，她把桶里的鸡屎肥用小铁铲铲到根部的小洞里。刘福贵说：那女人是我老婆呢！

衣，用锄头挖窨井四周的泥巴，挖了一天，才挖到排污管。排污管埋在地下有三米多深。我责怪管后勤的汪主任，应该叫挖掘机来，省这几个钱干吗？汪主任说：以前都是这样挖的，但挖掘机会把水泥路压坏。刘福贵浑身泥浆，站在泥坑下，土堆把他整个人都挡住了。我说：“福贵，明天再干，别累坏了。”他说：“不行的，臭臭的，大家睡不好觉。”我让汪主任请了两个民工来加夜班清了污，把土回填起来。晚上十点多，我打开仓库，提了两瓶酒和两条烟，去看刘福贵。他刚刚洗了澡，靠在床架上抽烟。他老婆在洗衣服。房间只有二十多平米，包括外阳台。外阳台设计成一个洗手间和一个洗衣池，内间摆了四张铁架子床。两张床铺了棉被，一张放箱子、泥刀、铁锤、木锯、喷雾器等物什，另一张摆了小方桌，可供两人吃饭。中间过道拉了一根铁丝，挂满了衣物。刘福贵站起来，搓着手，说：“这么晚了，你还来看我，我承受不起。”他老婆从挂着的衣物里扒开，露出一个头，说：“坐，坐。”她把小方桌移了移，说：“找个地方坐一下都难，房间太小，你将就一下吧。”

这是我第一次面对面看见刘福贵的老婆。她说话有一种沿海地区的口音，第一个字和最后一字有很重的前鼻音。她四十多岁，穿厚厚的棉袄一样的睡衣。她的鼻子很挺，鼻翼饱满。她从睡衣口袋里摸出一盒“七匹狼”，说：傅总，来一根。我说：抽我的。她说：你是客人嘛，别嫌弃。我点了烟，她也点了。刘福贵又点了一根，说：你在老板面前也敢抽烟。我说：福贵，你很有福气，老婆这么漂亮，工作还积极。刘福贵呵呵地傻笑，说：单位就是我的家，我们一定好好干的。

大部分时候，我和职工一起用餐，在食堂里，两个大桌。有几个职工，中晚餐都爱喝点酒，天热喝啤酒，天冷喝谷烧或水酒。啤酒一块三毛钱一瓶，酒瓶退一毛。谷烧七块钱一斤，塑料壶满壶十斤，是县城谷烧称来的，壶退一个三块钱。水酒则是自家酿的，糯米蒸熟，放白酒曲，用破棉絮焐半个月，可以饮用了，时间焐得越长酒越烈，若是煮热了喝，绵柔，微甜，不知不觉人就醉了，眼眶发热，口干，头疼，想吐吐不出来。刘福贵见了我，热情地说：喝酒喝酒，酒好喝。我笑笑。他老婆美蛾，站起来，说：一起来，热闹热闹。她的眉间有两道眉笔留下来的青黑色。她的脸驼色，鼓鼓的。有空闲，比如早晨或傍晚，她去溪里摸一些螺蛳，去山里捡拾一些板栗，去田边采摘一些水芹，做下酒菜，我说：你两个谁酒量大呀。美蛾笑起来。刘福贵说：那肯定是我呀。美蛾说，你哪是我对手呀。礼拜六，刘福贵早早起床，骑上破摩托，带上美蛾去城了。摩托发动时，呜——呜——呜——呜——排气管一阵黑烟。问刘福贵去哪儿。他说：去城里吃酒，她姐妹那里，要好好喝喝。有一两次，他把美蛾的姐妹约到单位来，吃吃喝喝。后来，我制止了，对刘福贵说：我们单位比较特殊，不适合和社会上的人，尤其是有复杂社会背景的人交朋友，真朋友交心，不在于吃喝。

有时，我在外打包回来的如野猪肉、卤水鸡爪、猪耳朵等，给刘福贵下酒。有时也特意带几个菜给他们下酒。美蛾把煤气灶打开，回锅，放一大把辣椒，浇两圈酱油下去。每个月，刘福贵都要喝醉一两次，喝醉了，就找人吵架，谁也劝不住。他脖子涨得粗粗，太阳穴的青筋暴出来，满脸猪肝色。大家知道他脾气，避开他。他找汪主任，说：这个活没法干了，你看看，我上午拉了二十多趟土，捡垃圾的老张也不帮我推推，上宿舍右边的斜坡，他空手晃来晃去，也不搭把手，汪主任，你说说，明天你安排他拉土，我捡垃圾。你说，水电，木工，泥瓦匠，哪样我不会干，凭什么我干最重的活。汪主任递上烟，没安慰几句，刘福贵趴在桌子上睡着了，涎水流得桌面水亮亮的。更多的时候，他找美蛾吵架。他指着她鼻子，说：你是什么东西，离婚，现在就离婚，你把我的钱用到哪里去了，像你，你女儿才十七岁，不回家，和那个镇里的同学上床，还用我钱，一个星期一百多，唵，唵，不离婚你就滚，马上滚，你看看，我会用绳子拴住你吧。主管老马拉住刘福贵，说：马尿就那么好喝？不喝不会死吧，丢人现眼，快回到房间睡去。他拉住老马衣角，说：不骂老婆骂谁？你说说，我忍她好久了，一直忍，现在我不忍了，再忍，我眼睛会喷火。老马拽着美蛾，说：我们走，他是个酒疯子，别当真。美蛾嗯嗯嗯地哽咽。

一觉醒来，刘福贵啥也不知道。别人取笑他，说那些傻话干啥，多伤人呀。他呵呵地笑，说：你骗人，我怎么会说那样的话呢？

“是的呀，你怎么会说那样的话呢？你和美蛾多般配呀，你拔草她浇水，你挖地她搬土，你喝酒她添酒，你们美死多少人你都不知道。”

“那是。那是。”

刘福贵做事去了，拉上板车。板车上放着锄头、砍刀、木锯、粪箕。车把上挂着大号鲜橙多瓶装的凉开水。

到了签发工资的时候，我逐个签核。我把汪主任叫来，问：

“老汪呀，刘福贵工资怎么才一千八百六十五块，是不是低了点，你的工资标准是怎么核定的呢？”我又说：“无论哪个部门的员工工资要有一个相对固定的标准，工作年限、在本单位工作年限、绩效、晋薪制度、基本底线，都要全盘考虑，工资制度相当于企业的宪法，一个企业能否长期发展，一个好的工资制度就是巨大的内动力。”汪主任一边泡茶，一边说：“刘福贵还有一千块钱以领条形式领取出去，没上工资册。”

我说：“为什么？所有的工资都要上册，白条子违背财务制度。”汪主任说：“他是半路夫妻，他老婆很会花钱，他工资都归老婆管，白条部分，他给他嫂子管。”“这是谁的主意，他四十多岁的人，还管不来自己的钱？以后钱弄错了，你又多出一桩事。”汪主任说：“不会的，刘福贵交钱给他嫂子，我在场，支钱，我也在场，我用本子记着。”我说：“怎么这样复杂。”“你不知道，他老婆厉害，他们结婚才一年，刘福贵两万多存款没了，他嫂子急，又不好明说，叫我出主意，那我只有这样了，他还有三千多放在他嫂子那儿。”汪主任把头低下来，轻轻地说：“好多事你不知道，他老婆以前干那个事的。”“什么事？这么神神秘秘，你能不能堂堂亮亮说话。”我说。“你以后知道的，会知道的。”汪主任边说边出了门。

一次，我在办公室午睡，门咚咚响起来。我开门一看，是美蛾。她穿一条绿裤子和浅紫的棉袄，裤脚上沾了许多苍耳了。她眼睛红红的，脸也是红红的。我闻到一股浓浓的酒味。我说：什么事这么急呢，你喝酒了？她低着头，坐下来，我给她一根烟，说：受什么委屈了？讲讲。她不说话，一口接一口地抽烟，抽完了，又抽了一根。她说：我不想在这里干了。我说：是不是工资待遇没达到你要求呢？我们是定岗定薪的。她说：不是，反正不想干了。我说：刘福贵欺负你了？她说不是。她呜呜地哭了起来，头伏在我办公桌上，说：我不适合在这里工作。我说，这样吧，你回去考虑成熟了，明天再沟通沟通吧，我们一起去克服困难，怎么样？到了晚上，我把办公室小吴叫来，说：你提两瓶酒去美蛾那里坐坐，她好像情绪波动很大。小吴说：她经常这样的，一两个月，就会爆发一下。我说：你还是去看看吧，心里不痛快做事也不会痛快。

第二天早上，小吴回复我，说：美蛾被老张骂了，骂得很难听，说她是卖×的，刘福贵扇了老张两个耳光。

“哪个老张？”我问。

“就是那个扫垃圾的，瘸腿的那个。”小吴说。

“他们怎么会有矛盾呢？”

“老张住美蛾楼上，卫生间滴漏，美蛾叫他修修，老张不修，两人争吵起来，老张骂她卖×，她哪受得了。”

“汪主任没去处理？”

“汪主任去了，劝了几句，美蛾一直哭。”

“老张侮辱人，处分肯定是要的，卫生间滴漏，后勤部门没及时维修，也要处分，刘福贵也要挨批评，你把汪主任叫上来。”我对小吴说。

汪主任来了，说：我工作没做好，接受处分，但是我冤枉呀。汪主任又说：你看着，他们要不了三天，又和兄弟一样喝酒，他们就这副德行。

“就你德行好，你要去化解他们矛盾，不要产生积怨。”我说。

其实，我来这里上班一个月，我就知道美娥了，只是没见过面，听人说，美娥有一段不堪的生活，在南门街住过比较长的时间。南门街是一个让人鄙视的地方。

一天晚上，特意去了一趟南门街。我想看看南门街是什么样子的。我差不多一个星期去两次市区，公事或会客，但没去过南门街。水南片区像一个烤面饼，一刀切下去，面饼一分为二。一南一北，中间是一条溪。南岸临溪的街叫南门街。这是一条挺有名的街。街有两百来米长，临溪的樟树婆娑，街灯灰暗，街道窄窄，路面是碎裂的水泥路。街铺只有三类，洗头城、小招待所、茶楼。粉红或暗红的灯光，多多少少有些暧昧。小招待所住着县城几个中学的学生和刚刚被学校开除的辍学生，男男女女，他们骑摩托车去临近的县或乡下，打架斗殴，突突突，一辆摩托车坐四个人，个个手拿铁棍、钢筋、木棍，手臂上是彩色的文身。他们之间也打架，分中学或乡镇为派别，各自为政。我就见过一个这样的家长，当着他女儿面给我下跪，说：“救救我女儿，她两年都没回过家，整天外出打架。”他说，他去上海做小生意，赚了点钱，可他女儿留给奶奶带，带了半年，不成人样了。他女儿剃平头，手腕上戴了一条黑色的檀木珠链，牙齿很白，脸长但饱满，穿一套藏青色牛仔服。她还在读九年级，但膝盖骨摔裂过两次，坐摩托车去乡下打架，翻车。她站在我面前，抽着烟，一副什么都不在乎的神情。南门街住了很多这样来自乡下的学生，招待所的房间睡七八个人。很多人说，这里的学生妹很便宜，一个晚上只需要八十元。洗头城则是外来的女人，一般是四十岁以上，客人一般是农民工、宰鸡场工人、皮革厂洗皮工、三轮车夫，还有一些寡居的老头。

坐在门口的发廊女人见男人经过，站起来，招手，说：进来吧，放松放松，很舒服的。她们一般穿大花色彩艳丽的衣服或棉裙，头发遮了一半的脸，一只手攥着瓜子或花生，耳垂挂着耳坠，嘴唇殷红。溪边掠上来的风，有些刺痛，樟树呼呼地翻动树叶。灯光也随着树枝摇曳晃动。据说，美蛾在这里生活了两年多。她没上班，租住在一间民居里。刘福贵那时还是宰杀场的工人。他那时已经离婚三年多了。他骑一辆破摩托，突突突，每个星期要去三次美蛾的出租屋里，带上一斤谷烧还有鸡爪、鸡脯、猪耳朵等熟食，和美蛾好好地喝上几杯。有时还约上他乡下老家的朋友，一起去。这是看守门房的老陈讲的。老陈本地人，和刘福贵相熟十几年了，还在宰杀场一起宰杀过鸡呢。刘福贵来我单位工作，还是老陈介绍给汪主任的。我出门散步，沿土公路往溪边走，老陈没事，也一起去。他说：你可别看刘福贵长得糙糙的，命好着呢，美蛾之前，有一个二十二的女人跟了他半年，和他一起干活，可能是刘福贵实在没钱，养不住，那女人走了，他还哭了一阵呢。他说起了美蛾，说美蛾是海边的人，离了婚，来这里的。刘福贵去了几次南门街，相熟了，米糊黏米糊一样撒不开。事实上，我并不相信老陈的话。美蛾这么舍得吃苦的人，怎么会有那么不光彩的过去呢？

但汪主任的话，我信。一次，我说起岗位安排的事情，说：刘福贵可以做维修工，修修补补，他在行。汪主任说：他是在行，可没人和他搭档呀，谁和他搭档都不超过三天，不欢而散。

他脾气暴躁，谁也受不了，他适合一个人去干事，只有美蛾和他搭档，谁也别埋怨谁。又说起美蛾，我说：老陈不积德，把美蛾说成了暗娼。汪主任头摇得拨浪鼓一样，说：实情，实情，我开车送他去过呢，有时没钱，都是我借他的。

他说：刘福贵好这口，几个钱藏不住，都塞到缝里去了。他又说：美蛾靠不住，刘福贵最后还是要人财两空的，美蛾有一个儿子一个女儿，女儿带来上高中，开支不小，全是刘福贵支付的，一旦女儿大学毕业，美蛾肯定跑路，哪会要刘福贵？刘福贵上无片瓦下无寸土，工资省着用，勉强过一个月，你想想看，美蛾图啥？还不是图女儿生活费？我说：你怎么把人想得那么缺德，夫妻间的事，谁说得清。

也不能不说汪主任的话是有几分道理的。有几次，美蛾因为钱和刘福贵大吵大闹。一次是美蛾外婆去世。美蛾去奔丧，要带两千块钱去，刘福贵不肯，说：外婆死哪要那么多钱呢，我去打抢也抢不来，你要钱，你就滚，你滚，越快越好，马上消失。他喝了酒，唾沫飞溅。美蛾说：我从小是她带大的，和我娘没区别。在土公路边，拉拉扯扯，一直闹了二个多小时，谁也劝解不了。我刚从外面陪了客人回来，见美蛾坐在地上哭，刘福贵叉腰，站在路灯下。我说：大家都睡下了，你还在闹，有完没完呢？美蛾说：想奔丧都奔不了，我嫁个男人干什么？我说：奔丧是大事，你去吧，包个车，我来解决。大概过了半个月，刘福贵喜滋滋地对我说：我小儿子要回来看我了，三年多没见了。我说：难得见面，好好吃一餐，聊聊。他说：是，是，还带媳妇呢！在外边请，体面一点。刘福贵有两个儿子，老大在给广州一家车行洗车，老二在一个厦门苗圃里做花匠。他们都不回家，过年也不回，去他们妈妈那儿。刘福贵前妻有钱，开发廊赚的，在大城市买了两套房子呢。刘福贵说起这些挺自豪的，说：我儿子娶媳妇的钱，我前妻早存好了，哪要我操心呢?!

他儿子，我没见过。但为此，刘福贵和美蛾，狠狠地干了一架，我知道。刘福贵给了未过门的媳妇一千块红包，吃了一餐饭，花了三百多块（酒，是我从仓库里提给他的，算是祝贺)，住宾馆两夜，花了三百八十块。儿子一走，美蛾没事挑事，说：哦，我外婆死你没钱奔丧，你儿子来一趟，花了差不多两千块，你根本没把我当人看。刘福贵被美蛾打得鼻青脸肿，美娥用鞋底抽刘福贵。刘福贵戴一顶长耳朵帽，把脸完全盖住才出门。

美蛾的女儿，我倒经常见，十七八岁，高挑，白净，每个星期天中午来食堂吃饭。美蛾对女儿说：卿卿，叫叔叔。我笑笑，说：功课怎么样，考二本有没希望呀。卿卿脸红起来，轻言细语，说：基础很差。吃了饭，刘福贵骑摩托车送她去学校。刘福贵几次对我说：读什么书呀，整天花枝招展，光知道谈恋爱，肚子没大起来算是好了，一个星期花我一百多块，我欠了她的。我说：刘福贵，你怎么可以这样说话呢？她花你的钱是应该的，难道你叫她花别的男人的钱？现在年轻人有自己生活方式，你尽责任吧，你是她继父，继父也是父。刘福贵说：我儿子两个，加起来，也没她花得多。我说：那是你儿子懂事，出社会早，挣钱早，没可比性，卿卿是一个女孩子，爱美也是可以理解的，你有福气，白捡了一个这么漂亮的女儿。刘福贵喏喏喏，再也不说了。

山区的冬天像一条高速公路，肆意狂奔的则是从江边奔袭而来的风。尤其是傍晚，风翻滚着，咆哮而来，树枝怒吼。凹地平整出来，也栽上了苗木，修了小径，筑了水沟。我请刘福贵与美蛾吃了一餐饭。刘福贵说：傅总，菜不要多了，有一瓶酒就可以了。我说："你什么都不愁，一餐有一杯酒一天有一包烟，这个世界就没你想的事。""想那么多干吗，人最后都是死，都是一个骨灰盒。"刘福贵说。"不能这么说，太悲观。"我说，"当然，我喝不来酒，体会不了酒的乐趣。"刘福贵手掌很大，很厚，很结实，他也很魁梧，走路，脚往两边晃得幅度很大。刘福贵说："我以前也当过老板呢，开过家具店，我自己做自己卖，我什么家具都会做，沙发、桌子、茶具，我都会打。""噢，看不出你还有这么好的手艺，怎么没继续开下去呢？"我说。"都是亏呀，一年亏了两万多，老婆就离婚了。"刘福贵说。美蛾笑起来了，说："那哪里是开店，卖出去的东西都收不到钱。"刘福贵说："都是邻居来买欠下不还的，那个开米厂的老六还欠我三千多，种芋头的米八欠我一千多，我都记着，他们自己也都记着，他们要还的。"我笑了起来。刘福贵说："喝酒，喝酒，不说这些了，喝酒痛快，酒好，酒好。我邻居都羡慕我呢，说我老板对我好，给我酒喝呢。"

临近过年还有一个月，刘福贵突然来辞工，还带美蛾一起来。我说：都快过年了，还有半个月放假，年底还有一些福利。刘福贵说：也舍不得走，但实在待不下去了，一天也待不下去，我行李都收拾好了，车子来接了，外边的房子也租好了。我说：你哪有钱租房子呢，那你去哪儿上班呢。美蛾说：去宰鸡，一个月比这边多两百多，吃住都算自己的。我说：你傻呀，你算算，你吃住，一个月算一千块，外面应酬也多，杂七杂八的朋友多，你那几个钱不够花的，哪比得上我这里，你碗都不用洗，包吃住。刘福贵说：他们说话很难听，我待不下去。美蛾哭了起来，说：昨天小周骂我鸡婆，很多人都听到了，小周喝醉了，耍酒疯，在职工食堂，骂了好一阵子。美蛾说：我哪一样比别人差呀，花园是我打理的，拔草松土也是我干，种树挖树洞也是我干的，你看看我的手，都裂开了，和男人一样干重活。刘福贵已经多次表达过辞工的意思，以前都是嘴巴说说，这次态度很坚决。我说：这样吧，我把你房间空在那里，你随时回来上班，我和汪主任都是很欢迎的，工资你现在去财务结算。我到门口送他们。他们坐在三轮车上，棉絮、箱子抱在手上，车子座垫下，塞着几个尼龙袋，袋子里是四季的衣服。我鼻子一阵发酸，马上点了一根烟。

到了来年正月，我才上了三天班，美蛾哭哭啼啼地来到我办公室，说：傅总，借点钱，刘福贵出车祸了，还躺在医院里。我说：怎么回事呢？人怎么样了。美蛾说：喝酒骑摩托车，翻到水沟里，腿骨折了，脸也撞烂了。“人没大事就好，我去看看。”我说。“医疗费都没有，又没地方借。”美蛾说，“鸡场效益不好，只上半天班，没事干，他就去喝酒。”到了医院，刘福贵躺在病床上，脚吊着，脸部绑着纱布，一双眼睛露出来，嘴巴露了一条缝隙。“傅总，傅总。”他叫着，也说不出其他话。我对美蛾说：出院了，还是回到我这里上班，你这两个月的房子租金我出。美蛾低低地应了一句：好的，还有搬家花了六十块钱。

一个月过去了，刘福贵没来。他嫂子说：他还躺在家里呢，伤筋动骨一百天。

三个月过去了，刘福贵没来。他嫂子说：他不知道去哪里了，手机打不通。

七个月过去了，刘福贵没来。他来电话，是东莞的号码。他说：傅总，一直惦记你呢，你好吧。我说：好着呢，你怎么样，美蛾怎么样？他声音很大，一贯如此。他说：在东莞黄麻岭一家五金店上班，有三千多块一个月呢，谁也不认识我们，开心呢。我说：那就好，欢迎回家，到我这里坐坐。刘福贵说：一定的，我还欠你钱呢。我说：那是小事，你好着比什么都好。刘福贵说：叫美蛾说几句。

遇见祖先

在印江县木黄镇，我遇见了祖先。

在火光中，在土家语中，在摆手舞中，祖先和神一起降临。黑夜的绒布遮盖了大地，露水打湿了每一双张开的瞳孔。我的瞳孔整个夜晚在呈现一个镜像：黑色的傩面下，有一双猫头鹰一样犀利的眼睛，火在噼噼啪啪炸裂，锣鼓咚咚咚在回荡，狮子穿起了黄色的锦袍，天空凹陷在一碗水里，苍老的面孔、古老的法器、逐渐湮灭的咒语……

人字路头巾、色彩斑斓的八幅罗裙、青色的花襟衣、挂满坠铃的银饰、原野般绚丽的西兰卡普、声传数里的铜锣、奔放的篝火、河畔高高的吊脚楼、合渣和笨拙的土豆、百转千回的胡椒酱、梦呓般的火塘边歌声、神秘的白虎庙……这一切，都让我深深迷恋。乌江在盘龙云海，沅江在九曲回肠。我一次次坐上去往武陵山区的火车，翻越高高的山梁，追寻土家族的生活影迹。

云贵高原像一块火炉里烤出来的酸菜饼。2015 年元月 6 日，我在铜仁市下了火车。入夜，随散文家刘照进去往他家乡——贵州唯一以土家族建制县的沿河。车子像一只甲壳虫在山道爬行。沿途很少有村舍，低矮的灌木和斑竹被风摇动，沙沙作响。第二天，我早早起床，在县城徒步。县城夹在两山之间，深长的峡谷像巨蟒的内腔。乌江在奔泻，白茫茫的水流在回旋。街上的女人头上大多包一块蓝印花的袱子，背一个背篓，走路慢悠悠，似乎这个世界没有什么让她们急躁的事情。不远处的工地，传来碎石的机器声，嘟嘟嘟，粉尘从堤坝边的岩石墙，飞扬起来，灰蒙蒙。在县城，我走了一天，并没有看到土家人居住的吊脚木楼，这多多少少让我失望。县城以乌江为中轴，扇形，在两岸依山而建，街道狭窄，坡道弯来弯去。晚上，刘兄约了小说家崔晓林等当地几个好友，在一家偏僻的菜馆，吃八大水碗。八大水碗是土家族人待客的看家菜，有水煮肉、水煮豆腐、水煮鱼等。鱼是乌江鱼。沿河水煮鱼和黔东南苗家水煮鱼，差别很大。苗家煮鱼，鱼肉切片，以乌鲤为主，加酸菜，加陈皮、胡椒粉、猪油、葱姜蒜、豆瓣酱、酸汤。沿河水煮鱼更注重原味，鱼肉切块，以草鱼为主，鱼质鲜嫩柔滑，汤汁淡白浓郁。吃鱼的时候，我便盘算着，应该沿乌江去乡间走走。

官舟镇，沿河县人口大镇之一，在高山之巅，却宛如在一个盆地，距县城三十余公里。人坐在车上，像坐在船上，颠簸不堪。到了官舟，已近中午，太阳白白一圈，长满了绒毛。正是集日，赶集的人，大多是妇人老汉。老汉头上扎黑布头巾，穿黑色的过腰衣服，背一个背篓。妇人戴白底花纹头巾，手上拉着小孩。小孩吃着糍粑或玩耍塑料风车。街边坐着摆货物的人，眼睛望着来来往往的人，面目慈祥干净，脸色深黄，仿佛涂抹了一层油渍，不怎么说话。货物一般是笋干、茶叶、中药材、黑糯米、大豆。主街只有一条，人挤人。沿街的房子一般是三层的楼房，水泥砖砌墙，大多没有粉刷。哒哒哒，过往的汽车不停地按喇叭。街中，有一个丁字路口，另一条街通往河边，河的另一边是一片枯瘦的冬日田园。标志建筑是一座礼堂，苏联时代的造型，墙体乌黑，门有些破烂。显然，作为一个时代的象征体，它已遭人遗弃。尚未拆建的老屋，趴在群楼之间，显得卑微，像一个抬不起头的人。街边有一个搭遮阳棚的年轻妇人，在卖社饭。我第一次知道，有一种吃食，叫社饭。我拉开一条塑料凳，坐了下去。妇人穿蓝印花布的衣服，头戴蓝印花布的袱子，手腕上有银白的手镯，穿一双绣了红花金丝边的黑布鞋。我问：这叫什么，饭里包了好多东西？她笑着，疑惑地看看我。我又重复了一遍。她还是疑惑地看我。我估计她听不懂我讲话。坐在边上吃饭的男孩子，十七八岁，长得青涩，穿着校服。他说：这叫社饭。社饭三块钱一碗。饭是糯米掺杂粳米蒸熟，包了当地产的几样青菜，也有野菜和腌菜。吃起来有些干硬，糙糙的。我吃了一小碗，再也吃不下。我去找菜馆炒菜吃，来回走了两次，也没看到菜馆。餐馆不卖菜，卖凉皮一样的宽皮米粉。米粉用热水焯上来，拌调料，加牛肉或菜品，拌起来吃。我不习惯宽皮米粉的口感，鼓足了勇气，夹起来塞进嘴巴。

又去了沙子镇和板场乡。我没有看到我想要的原始土家族族居地。我沿路问当地人：有完整的土家族原始村落吗？有乌江河畔的连片吊脚楼吗？

在沿河走了五天，我又去德江县。吃了中饭，我坐上了去德江的大巴。此去有九十公里，我估计至少得两个小时。车子沿山脊线走，摇晃得很厉害。车外是万丈悬崖。山体并没有什么树木，大多是茅草和矮小的灌木，弥眼望去，黄哀哀的一片。我用双手蒙住了自己眼睛——我不敢看窗外，哪怕斜一眼，也会浑身颤抖。车身侧转，我牢牢地抓住栏杆。女售票员问我：你是外地人吗？我是第一次见你这样的坐车人。我说：来贵州很多次了，大半个贵州走了，没走过这么让我胆战心惊的路。全车的人笑了起来。女售票员说：你别怕，路越陡，行车越安全。她又安慰我说：两个小时到德江，很快。车子没离开县城几公里，窗外下起了零星小雨。雨珠从窗玻璃滑下来，弯弯扭扭。拉石块的大货车，从弯道上转过来，像一只蚱蜢。女售票员自言自语地说：今天放炮开山，车子还不知道几点到德江。

到了德江县城，已是晚上十点半。我饥肠辘辘，沿街找饭馆。街上已经没什么人，街灯昏暗，阴沉。我有些冷。雨丝绵绵，把灯光织出了朦胧的花纹。炒菜的饭馆，一家也没找到。街边的夜宵摊，零零散散坐着几个喝啤酒的年轻人。我吃了一碗牛肉面，冒着细雨，在街上溜达。这是一个山区县城，有些寂然，冷风刮过空荡荡的街道，一阵阵，喻示冬天即将到来。我抬头看看天空，天空很空茫，什么也看不见。

翌日，我又去了印江县。已是傍晚。灰烬般的色彩，是我头顶上的天空。县城精致，印江绕城而过，倾碧四野。这是一个山中盆地，群山像一朵清晨盛开的莲花。许是初冬萧瑟，县城给我北国边城的惆怅感。银蜡色的阳光像雪融时的枯涩反光。我找了一家饭馆，顾客只有我一个人。饭馆由一家三口经营，妇人洗菜

县城精致，印江绕城而过，倾碧四野。这是一个山中盆地，群山像一朵清晨盛开的莲花。许是初冬萧瑟，县城给我北国边城的惆怅感。银蜡色的阳光像雪融时的枯涩反光。

切菜，老汉坐在木炭火炉边抽旱烟，儿子做厨师。老汉很会聊天，说他前几年在浙江打工的故事。他把旱烟管伸进火炉里，深深吸一口，眯一下眼睛，大大的嘴巴张开，烟白白地从喉咙里翻滚出来。妇人切完菜，抱着小孙女，在另一个木炭火炉烤火。厅面不大，可以摆四张桌子，每张桌子下，都有一个火炉。我请老汉一起上桌吃饭，他怎么也不答应。我买了半斤瓶装酒，拧开，摇着酒瓶对老汉说：你喝酒吧，我不会喝酒，你不喝也浪费了。老汉嘿嘿地笑起来，朗声说：你有意思，太有意思。他端起酒碗，对楼上厨房的厨师喊：再上一盘羊肉，喝酒没羊肉怎么行。我又嘿嘿地笑起来。他说话有浓重乡音，语速也很快。他谈起了他的祖先，他们世世代代生活在梵净山下，到了他这一辈，才走出过大山。他抬起脚，给我看，说：你知道这双脚，走过多少山路吗？你肯定不知道。“山里人淳朴，土家人和善，你待上几天就知道了。”他又说。这是一个非常愉快的夜晚。我们似乎相见甚欢。他反反复复地问我：“你是干什么？你来收药材吗？”我说：“我是一个乱走的人，四处乱走，来这里，看看土家人怎么生活的。”“哪有乱走的人呢？哪有特意来看土家人怎么生活的人呢？你肯定是来收药材的，这里药材好。”

第二天早上出门，见一个骑摩托车的中年人，我拦住了他：“你今天有什么要紧事吗？”他莫名其妙地看着我，上上下下打量我，摇摇头，说：“买几个酒壶回家，便没事了。”我说：“你跟我跑一天，去偏僻的乡下，要多少钱？”他上上下下打量我，疑惑地问：“你要去哪里？”我说：“不知道，有土家族老房子比较多的地方就可以，最好是临河吊脚楼，我想看看。”他把摩托车撑在路边，摸出一根烟，想了想，摇摇头。我说："不可能没有这样的地方啊，印江是土家族的族居地。"他"噢"了一声，说："有一个林场，你可以去看看，那里有很多老房子，离这里有二十多里路。"我说："可以，带我去，给你工钱。"

辗转两日，从重庆秀山出，往常德，返回江西。已是中旬。我看到了想看的土家族吗？我像陷入了一个迷阵。这个迷阵是自己布下的。在黔东，我看到土家族的民居，他们日常的生活形态，他们的衣着服饰，但我没有看到远古留存下来的遗址，也没有看到他们保存在阁楼上的神秘法器，以及低语如泣的巫术。我甚至没有听到地地道道的土家语。秦汉时期已在大娄山区、武陵山区、大巴山区繁衍生息的土家族，有自己的土家语（属于藏缅语族），没有自己的文字，至今保留着自己的婚嫁丧葬习俗和对歌、舞蹈、傩戏、雕刻、绘画、剪纸、蜡染等传统文化。土家人自称"毕兹卡"。1956 年 10 月，国家民委通过民族识别，确定土家族为单一民族。土家族既是最古老的民族之一，也是最年轻的民族之一。

再次踏上武陵山区，在小满之后。我只身去了恩施市，沿清江流域，寻访土家人族居地。再次失望而回。他们除了身份证"民族"这一栏，填写"土家族"之外，和我已没有不同。他们的饮食、日常的衣着，和我无异。两个月之后，我前往咸丰。咸丰是恩施州管辖下的一个县，与重庆酉阳、湖南龙山毗邻。在咸丰转了三天。时隔两个月，我再次去咸丰。咸丰是武陵山区腹地，崇山峻岭，郁郁葱葱。我吃到了地地道道的合渣和土豆锅巴饭。我第一次看到远古土家族的土司城——唐崖土司城。土司城在尖山乡，坐落于唐崖河畔西岸的玄武山麓，古木苍翠，溪水长流。

到了土司城，已是午后。“唐崖土司城始建南宋淳祐六年（1246年），明天启初年（1621年）进行扩建，辟三街十八巷三十六院，内有帅府、官言堂、书院、存钱库、左右营房、跑马场、花园和万兽园等。在土司城内外还修建有大填寺堂、桓侯庙、玄武庙等寺院。清雍正十三年（1735年）改土归流，废唐崖司。”在进门的清漆木牌上，我抄下了这几行字。其实没有门，只有两堵断石墙。拾级而上，全是断石墙。这是旧时屋舍崩塌留下的墙基，石缝里的泥已被雨水冲刷得干干净净，看起来，石头叠着石头。墙基内，是一块块空地，长满了荒草，或者零散地种了果树。石板路还保留着街巷的格局。这是一个庞大的城，住满了曾经的贵族和衙役奴仆，高大华贵的屋宇点起了通红的油灯。这些人去了哪里呢？屋宇被时间的手重新摁回大地。城后山冈上，有土司王陵。看守王陵的人，是一个六十多岁的老头。他坐在陵前的台阶上，穿一件藏青色旧式中山装，衣领烂边。他自称姓覃。他吸着劣质纸烟，歪戴着草帽，对我们说：“我们世世代代都在守着这个陵墓，现在申遗成功了，政府要我们搬迁，实行保护性开发。”我说：“你是土司覃鼎的后裔吗？”他从裤兜了掏出一张报纸，给我看，有些自豪地说：“好多记者采访过我，这里有我照片，我家里还保留着原始的族谱。研究土司城的人，都要看我族谱。”他说了好几个学者的名字，在哪个哪个大学的，我一个也不知道。他又说：“那些研究土司城的人，都说看我族谱给我钱，可没一个人给过。”他掏出一个老年手机，给他儿子打电话：“我这里来了几个客人，你来带他们去我们家坐坐，喝一杯茶。”

年轻人穿一件白衬衫，在前面带路，说：覃是大族姓，分散世界各地，但历代总有一支留下来看守陵墓，我家三代都没离开过玄武山，日夜守着，怕被人盗墓，怕石羊石马被人盗走，怕石牌坊被人拉走，这些都是祖宗的东西，不守着，早被人毁了。转过一个山坳，到了覃氏家里。一栋木头屋，十几只鸡在院子扒食。屋舍有些破败，在一片树林里，也有些冷清。山冈上的茶树葱茏，一垄一垄，看起来十分舒坦。

石头墙，麻黑色。每一个石头，都是圆圆的，风雨剥蚀了它们的棱角。千年古树倒在墙垣里，还没完全腐烂，散发木质霉变的气息。唐崖河从远处山角弯过来，在石崖下，形成碧绿的深潭。几个钓鱼的人，在河岸静静地坐着。我坐在石台阶上，目不转睛地看着凝滞的河水。一个土司王朝，在时间之河中，湮灭，留下几堵断墙。人在湮灭中，逃离，分散，带着他们古老的鼻息、韵致。我对同行的徐鋆、雷红梅说："我们值得庆幸，看到尚未被人踏足、糟蹋的遗址，但这里很快会被商业贩卖、践踏，乡野中淳朴的土家人，也将改变，一去不返。"雷红梅说："你怎么这样悲观呢？"我说："被商业包裹起来的假文化，吞噬人心，江西婺源、湖南凤凰、云南丽江，概不例外。"

去年冬，我再去咸丰时，土司城已成旅游胜地。朋友邀请我再去看看，我说：我对一切需要买门票看的文化场所，都不感兴趣。我可以揣度，土司城的游步道四通八达，城外建了大量的仿古建筑，当地的中老年人在表演文化部门编排的土家文化节目，餐馆里的饭菜已沦为流水席——我很偏执地想，我们这一代，尤其文化人，具有深深的原罪，和利益勾结，把谎言制作成美丽的幻象，去掠夺，掠夺钱财掠夺人心掠夺文化，最后毁灭掠夺而来的一切。

追寻的道路，蜿蜒在每一条山冈。我取道湖南的龙山县，入桑植，转张家界，再往常德，一个县一个县走。加之早前在凤凰的盘桓，我在武陵山区已足足孤身走了一个多月。

丁酉年五月下旬。我再次踏上武陵山区，登上梵净山。梵净山是武陵山脉的主峰，也是武陵山脉的标志，是中国五大佛教名山之一。更是土家族人耸入天际的脊梁骨。土家人崇拜多神，认为世间万物皆有神。梵净山便是神的居所。从江口县入山，从印江县木黄镇下山。沿山脊线走六公里。我看见了大海——梵净山犹如一个孤岛，四野茫茫，浪涌浪灭，云雾蒸腾。

在木黄镇石板寨吃长桌饭，夜宿。翌日看土家族田氏宗祠，看朗溪河畔芙蓉村。田氏宗祠始建于清光绪二十三年(1897年)，由土家士绅田士珍捐资修建，历经十一年建成，一楼一底砖木结构，内为小四合院，楼上设有跑道、瞭望窗，外墙有花池。芙蓉村是土家族自然村落，依山傍水，黑瓦木墙。是夜，石板寨灯火通明。土家族老艺人在这里表演傩堂戏、舞狮、摆手舞。黔东傩堂戏源于古时傩仪，是一种佩戴面具表演的宗教祭祀戏剧，是土家文化瑰宝。老艺人表演了上刀山、溜红铧口、站傩、定鸡、悬心挂斗、打庆贺、差兵祭马、神头舞、花灯舞、狮子舞。傩堂戏非物质文化传承人杨胜怀献艺。从下午五点，他们便开始准备了。年轻人抬来六七个大木箱，摆在屋檐下。老人坐在长板凳上，把戏袍、戏帽、乐器和其他道具，一一整理分类出来。

附近村镇来看表演的人，把石板寨围得水泄不通。表演结束，已是十点，凉风四起。我一个人痴痴呆呆地坐在篝火旁，还没回过神来。我眼前始终晃动着杨胜怀老人的身影。他九十多岁，依然身轻如燕，悠然翩翩起舞。我听到了老艺人们低诉般的土家语。古老的法器和神秘的法术，神灵般出现在我面前。当我见到的刹那间，我的双手在颤抖，我不可抑制地热泪盈眶。我所热望的，我所追寻的，在这一夜，和神一起，来到我身边。篝火在燃烧，噼噼啪啪火星四溅。散去的人流，使黑夜陷入无边的沉寂，沉入蔚蓝夜空的星辰无法打捞。古朴的，皱纹如向日葵的，鲜活的，饱满的，坦荡的，洁净的，一张张脸，在异乡向我聚拢，贴近，仿佛远去的祖先，绽放般显现。

大凉山的蜂蜜

大凉山的阿微又卖蜂蜜了。她卖蜂蜜的时候，正是严冬来临之时。这是时间的节律。一年将尽，苦寒已至，蜂大量被冻死。我们喝着蜂蜜水，不会想到蜂一夜冻死。阿微卖的蜂蜜叫岩蜂蜜。什么是岩蜂蜜？很多人问我，似乎阿微是我同胞妹妹，她负责卖，我负责解释和鉴定。

有几类人特别固执。厨师是一种。我们千万不要给厨师提所谓的宝贵意见。我们唾沫飞扬提建议，他听得心领神会，嗯，嗯，不时点头。我们转身走，他往地上吐唾沫。厨师都认为自己烧的菜是最好，哪怕我们吃得面目狰狞，他也不会同情，甚至鄙视："世上还有这么蠢的人，这么好吃的菜会吃得受刑一样痛苦。"码字人也是一种。我们不要给码字人提建议。码字人很容易和同行吵架，说他文字有缺陷，和说他性功能有缺陷是一样的。厨师和码字人一样，过于相信感觉。厨师相信手感，码字人相信语感。

我也是相信感觉的人。我相信舌感。舌感不会蒙蔽我。吃蜂蜜也是一样的。好蜜入口，柔滑，甜味慢慢化开，漫溢口腔，舌苔无粗粝感或颗粒感，植物气味浓郁。所有的好蜜，都是甜中略微苦的。微苦，是植物的根本气息。买蜜问我的人，我没办法把这个舌感传递过去。

去年冬，一个爱蜜的朋友，打开冰箱，四五罐蜂蜜整整齐齐地排列着——他拍照片给我看，问我蜜质怎么样。我说：都是好蜜，入冬了，蜂蜜不要放在冰箱里。蜜色虽不同，有板结猪油色的，有黄褐色的，有淡黄色的，但这些蜜都不如阿微的蜂蜜。朋友说：为什么。我说：这些蜜都是南方蜜，南方蜜来自比较单一的蜜源，最好的蜜在云贵高原和大西北。朋友端出阿微的蜂蜜，说：买了十斤阿微的蜜，可以喝一年了。

前天，我从外地回家，快递哥来了电话："你有快件，放在门房，记得来取件。"我说：我马上去取。看门的老哥见了我，说，你的快件都是隔天取的，这次怎么积极了？我说：这是好东西。上楼，马上烧开水，泡一碗蜂蜜喝。这是阿微的岩蜂蜜。我嘚瑟，发朋友圈。晚上，一个朋友拍蜂蜜照片给我，问我："这个蜂蜜好不好啊？"我说：我不会喝这样的蜂蜜，这个蜜太差了。朋友说：这个蜜是自己去山里养蜂人那儿刮的，亲手刮，十几年了，年年去刮，买的量也很大。我说：一眼便可以辨别，你的蜜分层了，玻璃壁有白色颗粒，野蜜不会分层，即使没有冻住，也浑然交融，清油一样。朋友说：在质检中心做过科学检测，绝对好蜜。我说：你把蜜舀半勺放在餐巾纸上，十分钟后，纸背会湿。十分钟后，朋友发来照片，纸背洇出水渍。纸吸水，劣蜜会现形，相当于鬼见到了照妖镜。

蜂是最神奇的动物了。它是上帝派往人间最好的建筑师和酿造师，是不知辛劳的生命传播者。一般的蜂，生命不会超过三个月，蜂王不会超过六年。南方蜂常见的有两种：土蜂和胡蜂。

土蜂也叫中蜂、中华蜂，蜜蜂科，是中国特有的蜂，可驯化养殖。没有驯化的土蜂，叫野蜂。油菜花开了，田间地头摆了蜂箱，蜜蜂嗡嗡嗡，唐僧一样，啰里啰嗦。这就是土蜂。

胡蜂有常见的大马蜂和不常见的虎头蜂，胡蜂科。阳台或屋檐下，隔了两个月，无意间多了一个蒲袋一样的巢，那是马蜂窝。手痒去捅马蜂窝，是歇后语。大马蜂暴烈，蜂毒剧烈。我以前住在单位家属区，窗外有一个马蜂窝，有背篓大。请来消防人员穿防护服，摘除。消防人员喜欢摘马蜂窝，把马蜂窝带回去，剥开，露出一团团白白的蜂蛹。大马蜂窝剥出的蜂蛹，有一脸盆。蜂蛹，油炸炒食，人间美味。虎头蜂也叫掘地蜂，头大如虎，斑纹如虎，强悍如虎，吃斑蝥吃蜻蜓吃松毛虫，掘地筑窝，窝大如鸡笼，又叫鸡笼蜂。饥饿的虎头蜂，吃蜜蜂也吃大马蜂。

南方蜂不常见的有两种：泥蜂和沙蜂，均属泥蜂科。泥蜂非社区化生活，大多数为独栖性，即使雄雌蜂共用一个巢口及通道，每个雌蜂独居巢室，相当于夫妻分床，喜欢吃蟑螂。沙蜂筑巢于沙地，窝大如箩筐。

马蜂蜜，色如纯牛奶，黏稠度很高。沙蜂蜜，色如青油，黏稠度比较低。虎头蜂和泥蜂的蜜，我没见过。虎头蜂泡酒，在喜哥家喝过。喝了一次，我四处找人买虎头蜂，也想泡酒。十月底去婺源大鄣山，遇见一个开饭馆的捉蜂人，我欣喜如遇久别的故人。回到上饶，我一个星期打一个电话问：“捉到虎头蜂了吗”。

有一种蜂，它的蜂巢是单片巢脾，呈排悬筑在树干上或悬崖上，所以叫排蜂。可惜南方没有，它生活在喜马拉雅山南麓、藏南、云贵高原西部，分大蜜蜂和黑大蜜蜂、小蜜蜂和黑小蜜蜂。黑大蜜蜂是世界上体型最大的蜂种之一，也是世界上群落最大的蜂种之一，单窝最多达七万只，属于迁徙性热带蜂种，也是世界上毒性最强攻击性最强的蜂，称为东南亚杀人蜂，对生存条件要求严苛，一般在原始大峡谷生存，以采集野生药材和大树稀有植物花为生。采蜜的人，带上帐篷、刀具、绳索，日日追踪蜂迹，爬上几十米高的悬崖或大树，像个蜘蛛人。为了找蜜，徒步一个月，也找不到一窝蜜。它的蜜，是世界上最好的蜜。十余年前，我在央视纪录片看到这样的采蜜人，我惊呆了。我知道，世界上有一种追寻，无关远方，无关理想，只与人的天性有关。

黑大蜜蜂在民间叫岩蜂。它的蜜叫岩蜂蜜，是世界顶级的珍贵蜜。阿微卖的蜜，是她弟弟去采的蜜，就是岩蜂蜜。大凉山的蜜。

我看了阿微《关于蜂蜜》，她这样写道：

“像我弟弟那样的人，敏感，善良，但也有些小疯狂。更可贵的在于，他喜欢文学，喜欢诗歌，曾经尝试过写诗，没有成功。只能说，有的人没有在恰当的时间成为诗人，他就无法再成为诗人了。如果他不是小学没读完，不是长期耽搁于封闭的乡间，不是将所有心力投注于农活，投注于生存，投注于对父母的照顾，他在恰好的年华遇到诗，写诗，那么他现在可能已经是诗人了。这些都是需要机缘的。

“但现在，我不觉得他失败。反而认为他更接近了诗。当他整个人在寒风中的山顶上站立，当他看见山林的上空，那些冬天里的星辰透亮地镶满整片天空，他肯定会想到两三句属于诗歌的话。他当然不会将这些话大声地说出来，也不会写出来。因为诗一到嘴边就枯萎了。”

我明白了，人的天性，需要在一个无人的天空下绽放。追寻就是另一种绽放，哪怕翻山越岭，哪怕风餐露宿。

上个月，我回老家。父亲从床底下拎出一瓶酒，招待邻居。父亲把草纸做的瓶塞拔开，对邻居说：“你尝尝，这个酒喝得人舒服。”邻居华华笑得脸圆，像个山楂，说：“看样子，老伯又有什么好药酒了。”他拿过酒瓶，放在鼻子下吸吸气，又说：“没有药味，是不是窖藏好几年了？”酒色深黄，色泽澄明。父亲笑眯眯，说：“你喝一口就知道了。”华华先喝了小口，又喝了大口，抿抿嘴唇，说：甜甜的，入口绵柔，酒劲化在甜浆里，像糯米酒兑在高粱酒里。父亲笑而不言。菜没上五个，酒瓶空了。父亲又走到卧房，从床底下拎出一瓶酒。华华摸摸眉毛，说：醺醺的，脸发热，胸口燥了，不能喝了。父亲说：酒有，喝不完。华华说：哪喝得完酒啊，这是什么酒，喝得真舒服。

去年腊月，我带了一大罐大凉山的蜂蜜回家，放在茶桌上，预备寒假给小孩吃的，隔了两天，四处找，也不见蜂蜜。我问母亲，她也不知道。父亲把我拉到酒瓮边，说：蜂蜜最好的吃法，就是倒进酒里。我哭笑不得，说：这个蜜不一样，你不知道，吃一口这样的蜜，多难啊。父亲看看我，说：那更应该倒进酒瓮里，这个酒，不能给拜年客喝。我看看他，笑出声，摸出电话，给酿酒师傅彩平打电话：“彩平，你空了，来一下我家里。”突，突，突，彩平骑一辆旧摩托车，到了我家，说：哥郎找我，肯定有什么好事。我说：给我吊一些酒。彩平说：要多少斤。我说：吊一千斤高粱。彩平摸摸额头，说：家里是不是做什么喜事了，哪要这么多酒啊。我说：哪要喜事才吊酒啊，自己喝。彩平说：吊酒最好时间是霜降后半个月，不急的话，明年吊，发酵充分，酒好。我说：那就明年吧。我父亲看看彩平，说：那干脆多吊两百斤糯米，糯米烧也好喝。彩平看看我。我说：吊吧。彩平说，这么多，要喝到哪一年啊。我说：我有地窖，藏着喝吧。客人来了家里，父亲用蜂蜜酒待客，说：多喝点，我一个人喝不完。这样的好酒，村里不会有第二家。我说：不是酒好，是蜜好，人生一世，哪有几个人吃这么好的蜜啊，谁会和你一样，把最好的蜜泡十几块钱一斤的家烧啊。父亲咧开嘴巴笑。

父亲说：焐了一年的蜂蜜酒，好就好在喝醉了，自己还不知道。父亲看着华华伏下头，趴在桌子，边说边笑。我母亲说：你这个人傻不傻啊，看着别人醉，也不提醒一下。父亲说：他自己喝的，又不是我强迫，摁着牛头喝不了水，这个酒，喝醉了也是舒服的。说完，他上床了，鼾声四起。

彩平给我酿的高粱烧，早存放在酒窖里，等着岩蜂蜜入瓮封存。泡酒，是蜂蜜最慢的一种吃法。

松脂色的岩蜂蜜，在家里，我每日都会喝。喝的时候，大凉山像一匹骏马一样，晃眼间，跑到我面前。高原的夕阳也会慢慢落在我窗台上。木鼓舞和铜鼓舞在篝火边，和漫天星辰相互映衬。彝人的河流在篝火中慢慢弯曲，浇灌了起伏的大地。峡谷里，褐色的岩石抬高了地平线。

岩蜂蜜，蜜中的蜜，适合送人，尤其适合送红粉知己。岩蜂蜜给人的滋养仅次于红粉知己的耳语。每次喝的时候，我会想起在另一个城市喝蜜的人。她小小的汤匙伸进密封罐，舀出一勺，调进温水里，有节奏地把蜜匀散，淡淡的水汽萦绕在她白皙的手指间，她露出了不易察觉的笑容，略有羞赧——

边城

一片芭蕉叶。这是婺源县城的形状。中间的茎，是主街。这是我在一九九五年夏天，初次到婺源时的印象。叶子的边沿，一边是星江，一边是山间便民道。主街有些狭窄，水泥街道坑坑洼洼，有的坑洼还积着街面人家泼出来的洗脸水。街面上有牙科诊所。有老式洗头店，师傅带两个徒弟，师傅扎马步剃头，徒弟站在边上看，也帮着打理下手，给客人洗头，泡水，扫地，剃刀布挂在墙上，墙上贴着刘德华、周润发、钟楚红、张曼玉等明星的挂历，也有小虎队、王菲的画报，徒弟穿花花绿绿的汗衫，下面一节汗衫卷起来，露出肚脐，电风扇呼呼呼，吊在木梁上，一副无精打采的样子。也有烫洗卷的美发店，三两个女孩子坐在沙发上，看电视，有些蜷怠，没什么客人，时不时地相互拨弄头发，像几条狒狒友爱地亲昵。服装店很少，只有几户，把衣服挂在简易的衣架上，一般是裙子、汗衫，还有儿童鞋子，大多是塑料鞋，黑的、黄的、绿的，都有，也有春季没卖出的春装，面料上扑满了灰，白灰灰的一层。几个男人蹲在门口吃饭，托着碗，碗沿堆着菜，红红的，都是辣椒。也有妇人端着碗，下街走到上街，遇见说话的人，站在路边，一边吃一边聊，没吃的时候，筷子不自然地轻轻敲打着碗沿。也有小吃店，做面食、水粉、地方糕点、凉粉，事实上，到了中午，已没什么生意。老板坐在门口的树荫下打盹，头伏在交叉的手上，冷不丁猛然惊醒，看看没客人，又继续打盹。首饰店有两个，窗下挂着手工金银首饰样品，寂寞地摇晃。

茶叶店和土特产店倒有好几家。其中有一家茶叶店，墙上挂着名人字画，估计是仿真的，也有本地书法家字画，为一种文化装饰，看起来也蛮显店主人品位。在婺源宾馆出口，有一个椭圆形的路口，早上，这里是茶叶集市，茶叶散户用麻袋、编织袋、木桶、提篮装满茶叶，坐在路边的板凳上吆喝："五块钱一斤呀，好的二十。"有几个妇人也提着干金银花、笋干、梅干菜来卖。一个穿解放鞋的五十多岁的男人，一手捏着旱烟管，一手捏着油条往嘴巴里塞，有三根，慢慢包进去，口腔完全鼓起来，像青蛙叫时的模样。一个年轻的妇人，坐在路边的石头上，把乳头塞进婴儿的嘴里，抖着腿，呃呃呃哄着，婴儿闭着眼嚼着奶头。另一个小孩有五六岁，扶着妈妈的肩膀，娇嗔地说："我要包了，要包子。"买茶叶的人，蹲下来，捏捏茶叶，放嘴里嚼烂，吐出来，又换一家嚼。一个五十多岁的妇人，从布包袱里端出一碗面，哧溜哧溜地吃起来。白白的面上，堆着两勺辣酱。

老汽车站有一座桥，通往城区，桥头有一块空地，晚上，有几个夜宵摊用毛竹搭塑料棚。食客或没吃晚饭的人，挤在这里，吃螺蛳，吃小河虾，吃煎辣椒，吃卤水口条猪耳朵猪嘴巴猪肥肠，吃丝瓜茄子黄瓜青豆，有的打赤膊，有的把汗衫卷在腋窝下，有的把脚架在另一条凳子上，有的趴在地上呕吐。锅里，嗞嗞嗞。轰，油烧出了火，师傅抖起炒锅，啪嚓啪嚓啪嚓。师傅嘴角夹着一根烟，烟灰长长的，卷动一下舌头，烟灰落在布裙上。油烟闷在棚子里，有人开始咳咳咳，被呛了出来。啤酒一箱箱放在桌子底下，空酒瓶扔在路边，咚咚咚，打滚，滚到街的另一边，被人一脚踢起，撞在房前台阶，啪。吃完了夜宵的，往街里走，唱着歌，勾肩搭背，拖着大拖鞋，像是前清的遗民。街铺上的人，大多睡下了，没睡的，三两个蹲在门前瞎聊，也有在门前走廊下象棋，摆着大茶杯，浮起半杯子的大片茶叶，麻麻色。

在2002年之前，我一般住宿在中日友好宾馆或植物园。友好宾馆在主街，徒步两分钟到星江。宾馆一楼，曾有一段时间晚上有茶艺表演，可以消磨晚间时光，是个不错的去处。表演的人，穿青蓝底白花的麻布衫，黑布鞋，挽个发髻，坐在瓷器茶具边，还有模有样的。这里临江近，在清早，在星江河滩走走，清风习习，柳叶洋槐叶纷飞，有些小情调。植物园在山上，离城区有些距离。第一次去婺源，就住在植物园，达一个星期。园子里，有很多树，植物也多样，人行道两边都种满了各色的花。天麻麻亮，鸟啾啾啾啾地叫，蹦达起来叫，一只，两只，一群。人没了睡意，站在园子里，面前的山野一下子聚拢过来，呼啦啦的墨绿色、蜿蜒的星江、甜睡的县城，多么亲切。瓦蓝色的天空，比往日更高了一些。草叶上，滚圆滚圆的露水，有了滚动的光斑。偶尔也住在婺源宾馆，这是迫不得已的。可以安慰的是，它早餐比较丰盛，可以吃到黄蒸糕、艾叶粿。

一片芭蕉叶。这是婺源县城的形状。中间的茎，是主街。这是我在一九九五年夏天，初次到婺源时的印象。叶子的边沿，一边是星江，一边是山间便民道。

只要在县城住，我每天都早起，去星江边溜达。江边有钓鱼的人，我也挨着钓鱼人坐，互相发烟，聊婺源哪些地方适合钓鱼，钓什么鱼。也有网箱养鱼的，几十条上百条，一般是酒店备货的，鱼是红鲤，鲤鲫，草鱼，大头鱼。要吃，用抄网抄上来。星江有鱼，大的有十几二十来斤，钓鱼的人在固定的地点，打窝喂食，天天守。主街的背面，有一条南门街，石板道，细雨的晚上或早晨，一个人来来回回溜达，脚步声笃笃笃，雨滴声答答答，很有意思。南门街有一个石埠下去，通星江，一片茂密的槐树林柳树林，栖满了白鹭，江水时隐时现，种菜的人在挖地除草。看看，是很有意思。不知道是哪一年，在树林里竖了一个观音像，很是高大，眺望日出。我便再也不去了。

从 1998 年，城东即新城快速地兴建扩张，短短几年，到处是街道，街道上到处是宾馆旅社、饮食店、电瓶车专卖店、电器店、药店、土特产店、美容美发店、洗脚城、美体体验店、手机店、电脑店、置业销售部、酒品店、银行门市，雕刻手艺人成了根雕大师，也挂起了招牌，制砚手艺人成了著名的工艺美术大师，一块砚台卖五万八万。街上停满了来自上海、江苏、浙江的旅游大巴，从大巴上走下来的人，挂着照相机，戴着太阳帽，吐着口香糖。导游手上拿着旅行社的彩旗，戴着扩音器，喊："吃饭半小时，下午还要看几个景点，快点啦。"老太太拄着拐杖，嘟囔着："有什么可急的？"

城南主街改成了步行街，和全国的步行街一样。友好宾馆从无星升级到三星，再升级到四星。房间还是原来一样大。宾馆面积没变。这几年，我去婺源，都不知道住哪儿啦，随便住，都是一副样子。所以尽量不住。

同样的是，去婺源不知道去哪儿吃饭。餐馆，走进去看看，又出来。记得以前教育局食堂，在一个老旧的房子里，菜烧得很合我胃口，是一对夫妇掌勺。有一道辣椒干烧鱼干，用老酒爆炒上来，爽口，回味绵长，微辛辣。在那个食堂，我吃了一个星期，每餐都上。厨师看见我都笑，他可能暗想：世界上怎么会有这么傻的人呢？还有一道菜是熏豆干，咸肉、脆鲜辣椒丝、芹菜丝爆炒，热吃，特下饭。再有一道菜是荠菜糊，我整碗吃。我那时年轻，饭量好，不像现在，小半碗。在城郊，临近梅林，有一个农家小院，吃泥鳅和豆腐、辣椒炒蛋，吃的人很多。我去过一次，我觉得非常一般，再也不去。

在城东桥头，有一个早餐店，粉烧得好。广州的朱姐、张姐来，是洪忠佩推荐的。张姐吃了一碗，意犹未尽，我说：再来一碗，别顾及身材。又吃一碗。鲜榨的豆浆，煮沸，摊温了，留在粉后喝，喝完了，小坐一会儿，浑身舒服。想想，过去好几年了。有时间，再请她们来，重温一碗米粉，也很有意思。

1996 年夏天，我和同事刘啸去婺源出差，坐大巴，往常山开化方向走。天热，车上没几个人。我带了二十几罐美国鹰牌原装啤酒，在路上喝。邻座边上坐了一个女孩子，我叫她一起来喝。她很不好意思地接了。我们攀谈了起来。她说她是中云的人，在市里一家附属医院上班。刘啸正好住在医院隔壁，有了更多的话题。边喝边聊，刘啸喝得差不多了。女孩子喝了一半多，竟然一点醉意都没有。酒喝完了，也到了婺源。记得她姓金，长头发。我们在车站隔壁的一家小吃店吃午餐。我还记得几个菜，泥鳅煮芋头、煎豆腐、米粉蒸肉。我们吃得特别开心，好说好笑，吃到太阳快下山了，我们才离开那个店。老板娘看着我们吃，笑眯眯的，不时地添茶。

这是我在婺源吃的最美好的一餐饭。或许，我那时单身吧。

单身本身就很美好，就像一个老县城，虽然浑身汗渍味，赤脚朝天。

地窖里的人

东路八号是我谋生的地方，像一个巨大的蚁穴，早早晚晚，都有一群蚂蚁在忙忙碌碌，进进出出。隔壁是印刷厂，墙体铅灰色，院子搭建阔大的石棉瓦雨篷，停满自行车。守门人是一个清瘦的老头，很少看见他执勤，他整天趴在破桌上睡觉，巴掌大的一块涎水，淹在他枯树皮一般的脸颊上。仿佛他不是在瞌睡，而是在梦魇中被按住头，怎么也抬不起来。梦魇是个铁链，锁着他，谁也解决不了。他是一个把生活交给梦魇的人，呈现给我的，只不过是他的倒影，或者幻象，我们倒像是他梦魇中的一群梦游者。临街的是一栋矮房子，青砖黑瓦。靠近丁字路口，有一家小快餐店，附近单位中午不回家的人，都在这儿吃饭。偶尔我也会光顾这里。快餐店有二十多平方米，摆了七八个单人小桌，里面是厨房和收银处。收银的，是一个女孩子，圆脸上满是粉刺，因过于丰满而显得上重下轻，像个圆锥陀螺。她有一头很美的头发，长长的，盘了发髻，怒放的葵花一般。她的父亲，也就是快餐店老板，四十多岁，矮个子，戴一副眼镜，穿一件藏青色

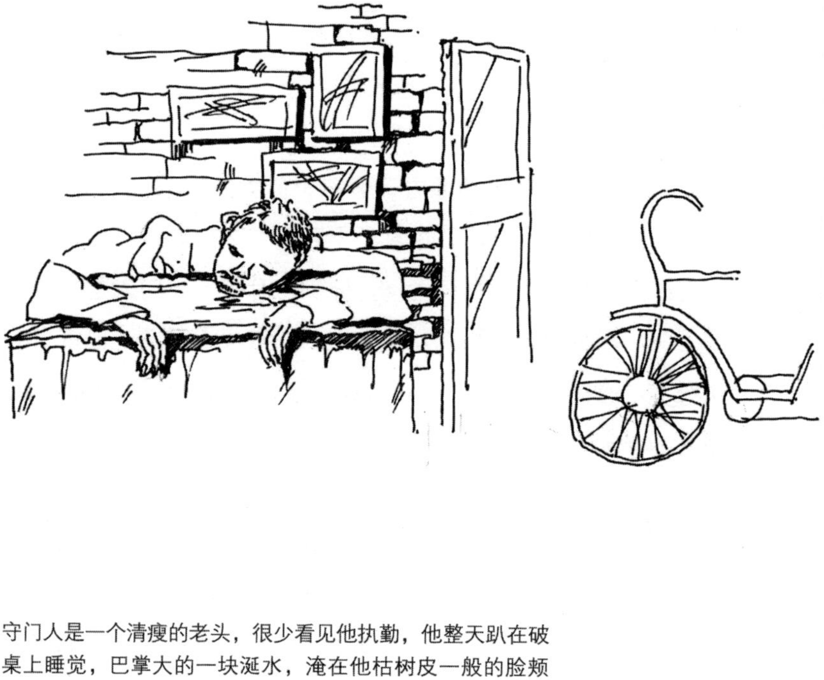

守门人是一个清瘦的老头，很少看见他执勤，他整天趴在破桌上睡觉，巴掌大的一块涎水，淹在他枯树皮一般的脸颊上。仿佛他不是在瞌睡，而是在梦魇中被按住头，怎么也抬不起来。梦魇是个铁链，锁着他，谁也解决不了。

厨师服，负责给客人添饭添菜。老板娘是个八哥嘴，爱说话，什么事情也不沾手，坐在藤椅上，和客人聊天。她有两个女儿，另一个在摄影店上班。大家就拿她女儿开玩笑，说荤话。她也乐意，使得整个就餐气氛异样活跃。

有一次，一个十三岁左右的小女孩对我说：你盘里的肉丝怎么不吃呢？从 1994 年始，我很少进肉食（野生鱼除外），原因是控制体重和拒绝饲料喂养的动物。她很瘦小，穿一件红花的秋衫，脸长。她又说：你不吃啦？我是不是可以吃？我还没说话，她拿起筷子把我的菜全挑到她自己的搪瓷碗里。我说：要不我给你买一份炒肉丝，我用过的，不是很卫生。她笑了一下，端起碗走了。这是我第一次看见她。事实上，我很少吃快餐，虽然我单身多年。我十三岁开始吃学校食堂，直至结婚，以致看见食堂和快餐店，我的胃部就会痉挛。但也有不愿走路的时候，哪儿也不愿去，就到快餐店应付一下自己。次数多了，我对小女孩熟悉了起来。她是朝阳人，母亲在印刷厂负责院子卫生，工作半天，一个月两百块钱。她读小学四年级，上午旷课，和她母亲一起扫地。朝阳离市区有二十多华里，她们骑自行车来回。以后，每次我多买一份菜给她。她们是自己带饭菜来的，在快餐店热一下，坐在门口边的麻石条台阶上吃。热一次，交两毛钱。老板见她们困苦，收了两次就免了，有时见她们饭不够，还添一些。小女孩端着我给她的菜，分一半给她母亲。她母亲抬头看她一眼，也看我一眼，不说话，继续扒饭吃，腮帮鼓鼓的，嚼得那么用力，似乎要把全身的力气用在牙齿上。到了冬天，我没看到小女孩，或许天过于阴寒来不了。她母亲蜷着身子在门口，头上扎着一件破衣服，仿佛她的孤单是与生俱来。我的内心有无数的寒风，一阵阵跑过去又返回来。

翌年，矮房子拆了，建成公寓房。后院的建筑还是老样子，沉寂、阴暗，到处是积年的灰尘，老鼠明目张胆地穿来穿去。每个星期六上午，我拐过自行车棚，穿过一个潮湿的过道，爬上满是铁锈的楼道，到了四楼，再转一个梯口，到排版房。我在这儿上班一天，有时至深夜。

整栋建筑弥漫着油墨味和纸张霉变的腐味。阳光斜射进来，悬浮的纸屑有些晃眼。我坐在值班房里，看电视。事实上，我并没有太多事可做，报纸大样出来，我通读一遍，校正一下。读一个版的大样，我不需要半小时。有时需要撤稿，又没适合的稿件，我就自己写，一边写一边给排版员。负责夜班的科长叫老李，玉山人，做事特别细致，人精瘦，精神饱满，戴一副眼镜，说话轻言细语，他能说很多荤段子，我们都喜欢他。他说话的时候，嘴角溅出白色的唾液，笑起来，眼睛像个桂圆。他上了二十多年的夜班，头发有一半是白的。他唯一的嗜好是抽烟。他说，上夜班不抽烟熬不住。他的眉毛长长的，半白，往两边分叉。有一次，我们恰巧在一起上夜班，到了深夜，他拿一根火柴拨烟灰缸。烟灰缸是一个瓷器花盆，满满的一堆烟蒂。我问他找什么。他说找长烟蒂，烟吸完了，只好找烟头。那时，我不抽烟，我跑了两条街道，才找到一个烟摊。他已经五十多岁，熬夜比谁都厉害。但也有疲乏的时候，他靠在藤椅上，身上盖一个军用大衣，呼呼而睡。纸上的夜晚，冗长而寂寥。夜晚是薄薄的一片，覆盖在他眼睑上。

20世纪90年代中期，这个印刷厂还是非常陈旧和落后的。设备是衢州一个厂家淘汰转让过来的，菲林片在暗房制作。暗房在另一座楼房的三楼，两栋楼之间架了钢筋天桥。制作菲林片的师傅是一个四十多岁的中年人，他没事的时候就到排版房玩儿。他的脸很黄，柚子皮的黄，因为偏胖而显得脸部肿胀。他有一口洁白的牙齿，白到让人觉得与他脚上的手工布鞋缺乏身份关联，似乎应该牙齿属于一个人，而脚属于另一个人。或者说，牙齿长错了嘴巴，他不应有一口好牙。当然这是错觉。他的裤子总短一截，露出脚踝与裹紧的小腿。有一次，他几进几出值班房，搓着手，一点也不自在。快下班了，他低身附耳，说：你手机是不是可以给我用一下。我说：可以，用手机不要这么神秘吧。他说：前面房间有人，我不敢说。他翻出裤袋，拿出一个窄条的电话本，从头到尾翻了一遍，手指蘸了一下舌头，又从头到尾翻，说：怎么号码飞了呢？我说：找谁的号码呀？别急。“我女儿的，三个多月了，我没给电话。她等我电话呢。”他说，“我女儿叫我安装一台电话，我说等她毕业后再装。一台电话要一千多块钱初装费，我上哪儿找呀？”他姓黄，大家叫他黄皮。黄皮找出女儿电话，又把电话还给我，说：你拨一下，我还没使用过手机呢。他有一个儿子，十八岁了，高中毕业后，一直无所事事。黄皮说：小傅，我儿子怎么办呢？一个大活人只知道吃饭，都不知道找事情做。我说我想想办法。过了一个月，我托人把他儿子安排在一个企业里当验货员。黄皮拎着一双布鞋来到我办公室，说：我儿子一个月有三百多块钱，多亏你帮忙，这双鞋子是我老婆做的，你穿穿看，不合脚就再做一双。

老李嫌黄皮，嫌他做事手脚慢，还毛毛糙糙，图片反着制了菲林，浪费时间又浪费材料。黄皮嘿嘿嘿地傻笑。老李喜爱东东。我们也喜爱东东。东东快三十岁，还没有结婚。他鼻子不知是塌了鼻梁还是别的，整个鼻梁都凹进去，左边的嘴角缺了一大块，露出牙龈。他很少刮胡子，拉拉碴碴的，刀削一样的脸有点不规则。他身上几乎没有肉，只有一层皮，随便拉一下都可以弹弓一样弹起来。东东是拼版师傅。他重重的鼻音使得他说话时让人觉得不是在房间里而是在防空洞。我们都爱开他玩笑，问他谈过几个女朋友。菲林片压在玻璃下，灯光反射过来，照在东东的脸上，看起来，他的脸像一张剪纸。“哪个女人会看上我哟，没斤没两。”他说，“我是一个灶神，看着别人一天到晚吃香喝辣，而我只闻闻味道。”有一次，都傍晚了，他还没来上班，晒版的师傅等了一个多小时，急死人。版没拼好，谁也不能下班。按常理，下午四点就下班。我去他家找他。他住在王家庙。王家庙是印刷厂老家属区，在市广场后面。印刷厂有两个家属区，一个是王家庙，一个是棺材坞。我单位家属区也在棺材坞。我是第一次去王家庙。也是唯一一次。家属区有两栋红砖房，各四层，两栋楼中间是一个长条形的花圃。花圃没有花，一小块一小块地种满辣椒、小白菜、萝卜秧苗、大蒜、韭菜等，边上摆着破破烂烂的花钵。东东家在三楼，过道上堆了许多柴枝、木块、卷扎起来的一次性废弃筷子，还有蜂窝煤炉，搁在走廊外沿的是一块破门板。我从一楼开始叫“东东、东东”。他一直应答着。我到了三楼，他还在房间里。他的房子有三个房间，一个是卧室，一个是卫生间，一个是厨房。卧室是进门第一个间。一个老人抱在东东怀里。我看不出老人的年纪，满头白发，干枯的丝瓜瓤一样，牙床空空，白发遮住了脸。东东说，刚把妈妈抱上楼，她晒了半天的太阳，可舒服啦。我把躺椅拉开，帮忙安顿老人。房间的阴暗，是冷丝丝的空气传递出来的，像一根钢丝，缠绕人的全身。

有时很晚下夜班，我们就一起去吃简单的夜宵填填肚子。但东东从不去。他说：你们先走，我来收拾乱东西，关灯关水。卷闸门较高，他个矮，要拉凳子垫脚关卷闸门。有一次他摔下凳子，滚了一个台阶，幸好没伤着。我知道他经常晚饭没吃就来上班。他没时间吃，也不想耽误大家时间。有时我外带一份饭餐给他。他也不吃，下班后带回家。他走路特别快，一跳一跳地走，眼光在街面上穿梭，看见矿泉水瓶、易拉罐、废金属，就用绳子绑扎起来，拎回家。有一次是冬天，下了夜班，都快凌晨了，我裹着长披风，晃晃悠悠地回家。他从白鸥园的夜宵摊里横出来，手上抱着一捆废弃了的一次性筷子。他的皮鞋里有许多积水，走路“呱哧呱哧”冒出声响。有片片薄光的冷夜，异样的轻，以至于他感觉不到夜墨的重量。他哗哗哗地走，空荡荡的衣袖里卷着风。我叫住他。他有些尴尬。他口吃起来，说：筷子烧火特别旺，还省下煤钱，一个煤球要一毛五呢。

纸是我国古代科学技术四大发明之一，它与指南针、火药、印刷术一起，给我国古文化的繁荣提供了物质技术的基础。纸的使用，让文化走向平民化。我和我同仁们的工作就是让文化和信息，在特定的区域里，更广泛更优质地传播。在薄薄的纸张上，很多人暗自飞翔。但我从没有飞翔的感觉，甚至有些沉沦。在那些年里，我身边的朋友几乎完婚了，我仍孑然一身。我对很多东西缺乏热情，包括恋爱。唯一的爱好是看电影。其实也不是爱好，只是寻找一个能把身体寄存的地方，不被人叨扰，安静地独处前半夜。东路八号的五百米半径之内，有四个电影院，那是我经常光顾的地方。最多的一天，我看过五场电影。事实上，我都在里面打瞌睡。我无所事事，却感到特别累人。我不知道别人的青春期是如何度过的，我觉得自己的青春期比一般人更长，受到了更多的自我折磨，快乐所剩无几。回到单身宿舍，我连脸都不愿洗，拧开水龙头，用手搓一把，一条毛巾怎么用都是新的。我不知道这种晦暗来自哪儿。我把一半的时间放在纸上阅读和书写。每次走进破旧的印刷厂，那种复杂心情很难说出来。

在一楼，叉车把纸摞好，整整齐齐地堆放成“回”字形。这些纸都将印上文字和图案，也印上我等的日日夜夜，传递到市民手中，然后收回到废品站，送进造纸厂，打成纸浆，制成纸，运到这个一楼。循环复循环。我也在这条无形的转运带上，周而复始。咣当，咣当，咣当，机器在另一个车间彻夜吼叫，那么有节奏，不知疲倦，既不声嘶力竭，也不苦苦哀求，它完全适应了转动。在 1997 年至 1999 年期间，我选择过很多逃亡的方式，都没有成功。我就是一个溺水者。有时在半夜，我突然背起包，踏上一趟临开的火车，夜色茫茫，我也不知自己要在哪儿下车。成婚之后，我才安静下来。仿佛我那些年，一直在寻找一个答案，可我连线索都没有。当我安静下来，突然觉得根本没有答案，或者说，答案的本身就是无答案，换句话说，有没有答案都一样。在机器房的右边，有一个废纸品库房，周边的纸品回收都转运到这儿。一次，我值班，就去库房玩儿。我对很多常人不感兴趣的地方，有好奇心。比如污水处理厂、水坝、动物宰杀作坊。废品一捆捆用尼龙绳扎实、归类，有纸箱壳烟酒盒，有旧报纸，有期刊书籍。一摞一摞码好。我看到一本书，铅灰色的封面，包扎在里面。我有些眼熟，抽出来一看，书名《屋顶上的河流》。打开扉页，看见签名：某某先生雅正　傅菲。我哑然失笑。我把一捆书拎出来，解开尼龙绳，余华、贾平凹、余秋雨、鲁迅们，撒落一地。他们真是幸运，有机会进入废品站，更多的书写者连进入废品站的机会都没有，直接从印刷厂上货架回纸浆厂，连中间环节都省略。记得有一次，诗人汪峰请我和萧穷吃饭，席间，汪峰的妻子问我一年可以挣多少稿酬。我说：羞于言辞，有生以来，最大的一笔稿费是一千二百五十元，最多的一年是两万多，纯属亏本。汪峰的妻子说：汪峰去年才六百多元稿费。我说：汪峰是隐居性写作，他才不投稿呢。写作的人更多是强调精神意义。一个世俗的社会，强调精神意义是非常孤单的，也需要毅力，而文字的最终命运是纸浆。这是现实的无耻，也是牺牲者（文字者就是牺牲者）的无意义。我们都逃不脱。

我痴迷于纸上的奔跑，是源于内心的愉悦和初衷的热爱。我想，他们也是。

不记得是哪一年啦，大概是我婚后的第三年，印刷厂改制，工人实行身份置换。改制工作推行了三年，最终以买断工龄、缴纳养老保险的方式尘埃落定。国有资产以贱卖的方式处理给浙江人。有一个厂领导说：我们感谢老板，解决了厂出路的大难题。一个工人说：你给我一把斧头，我肯定砸你的王八车。大家一哄而笑。下岗的工人重新续聘，没续聘上的自谋出路。街上多了一个背着小孩捡拾垃圾废品的人，他的头发像一堆棕毛，夏天也穿一件没有纽扣的青蓝色的秋装，衣襟毛边翻出来。他捡拾的废品满满一蛇纹袋。他拖着走路，还快，偶尔坐下，在街树下，把裤腰上的矿泉水瓶解下来，喝一口。当他一个人走路时，那肯定是在中午，或深夜。他的鞋子形形色色，大多是他的捡拾成果。他的额门那么窄，一个手掌能盖住他整个脸。他有时一边走路一边吃东西。他有时把步行街的垃圾桶一天翻三遍。他见了我，说："你好，这么早就上班了。"他知道我的上班时间，一般是上午九点，星期三、星期四不上班。他听惯了我上楼梯时的哼唱曲，那么刺耳，像一头快死去的公牛哀吼。

是的。我们都认识他。我们喜爱的东东。他在改制的前两年结婚。我们都不认识他爱人。我们也不知道他的婚礼。只是有一天，他的肩上多了一个小宝宝，肥嘟嘟，眼睛大，鸭子摆动翅膀一样晃荡着小手。

现在，印刷厂完全消失了，原址耸立起三栋高楼，是地标建筑。老李去年死于类风湿。我见他最后一面是前年冬天，在廖兴辉诊所。他的脸完全浮肿，像个面包，走路一崴一崴的，很是费力。虽同是一栋楼，但很多年没看见他。他耷拉着脑袋，但精神气没有散。我陪他走了很长一段路。我的心空空的，茫然无措。有很多事物，缓慢地存在着，消失起来却特别快，快得毫无防备。

饥饿

我确信自己的前世，是来自北方荒原的一匹孤狼。在茫茫雪地，瘦弱的身子像是大地的遗物，灰色皮毛包裹着嶙峋的骨头，眼睛射出的蓝光让人惊悚，张开的嘴巴露出尖利的白牙，它一直在四处寻找。它被饥饿驱赶着双腿，不断地跑，不断地寻找——它的一生被饥饿所胁迫，听命于食物。

落地七天，我被奶娘抱走——因为营养不良，我母亲一滴奶水也没有。在未成年时期，我所有的记忆，与饥饿有关。似乎我的同伴和我一样，也整天处于饥饿之中。每餐的米饭里，掺了一半红薯粒或豆腐渣，即使这样，饭甑永远比胃小比咽喉浅，管一碗饱饭，一年也没几次。我们于是把精力放在寻找野外的食物：钓青蛙，捕田鼠，逮黄鼬，摸鸟蛋，捉野禽。同伴景炎常生吃青蛙。我们提一个篾丝扎圆口的布袋，一根麻线绑一朵南瓜花，去田里钓青蛙。景炎用南瓜叶把青蛙包起来，塞进嘴巴吃。我说：青蛙怎么可以生吃呢？有寄生虫。景炎拍拍手掌：泥巴都可以吃，何况青蛙呢？他家穷，常吃棕树籽当饭。

我确信自己的前世，是来自北方荒原的一匹孤狼。在茫茫雪地，瘦弱的身子像是大地的遗物，灰色皮毛包裹着嶙峋的骨头，眼睛射出的蓝光让人惊悚，张开的嘴巴露出尖利的白牙，它一直在四处寻找。

当然，一年之中，也有饕餮一餐的时候。那是过阳历年，生产队把老牛拉出来宰杀。杀牛人用一块黑布蒙上牛脸，把牛绳拴在香椿树上。嗯唵，嗯唵，嗯唵，杀牛人一边抚摸牛身一边轻轻地唤牛。牛乖顺地伸出舌头，上上下下抹自己的唇边。杀牛人抡起斧头，对着牛脑壳敲下去。牛前膝跪下去。杀牛人取出尖刀，捅进牛的喉管，血飚射出来，哗哗哗，落在木桶里。全生产队的人围在队部的场院里，尽情地享用牛肉大餐。在头一夜，煮牛的时候，十几个小孩便围着大铁锅，眼巴巴地等吃。牛肉还不能吃，可以吃大萝卜。大萝卜和牛骨一起煮，咕咕咕地冒泡。大人把萝卜夹出来，装在一个大钵头，分十几双筷子，三下五除二便把萝卜干完。萝卜吃完了，又添生萝卜下去。骨头汤是管够喝的，边喝边往锅里加水加盐。生产队会餐，小孩不能上桌，只能站在桌角吃，等大人夹菜吃。我们早早地张开嘴巴，仰着脸，等筷子里的东西落进去。牧童算半个大人，可以上桌。生产队有三个牧童。席子很快吃散了，我们还不愿回家，躲在烧饭间的晒箩下，伸手抓晒箩上的饭麸吃。等大人走了，把菜柜子里的熟牛肉抓起一块，躲在柴垛吃。最后一个走的大人，用马灯四处照照，说，马上锁门了，躲起来的孩子快出来。

有一年，村里来了三个讨饭的人，一对三十多岁的夫妻拖一个十来岁的小孩，说安徽话。男人面黄，个子高，身瘪瘦，胸前挂一个褡裢，褡裢有碗筷。妇人穿一件斜襟蓝布衣，拎一个靛青包袱，头发落了一层灰尘。孩子缩在妇人身后，拽着妇人后衣边，怯生生地眨着双眼。男人坐在我家的门槛上，靠着青砖砌的门框，说话声音很低：“大嫂，能不能给我一碗饭吃。”妇人站在门口的台阶上，望着我母亲。我母亲说：中午的饭都吃完了，你等等。母亲端出长条凳，泡了茶水，说：你可能走了很多路，歇歇吧。母亲提了一只竹箕，去自留地挖了满满一竹箕的红薯。红薯只有鸡蛋大，种下去还不到三个月。三个人把一竹箕的焖红薯全吃光。这一家人从安徽怀宁一路讨饭而来，到了村里，再也不走了。我父亲安排他们睡在生产队的场部里，说：我们喝粥，你们也喝粥，我们吃米皮糠，你们也吃米皮糠，我们吃菜饭，你们也吃菜饭，吃不饱也饿不死，村里还没有饿死的人。夫妻和生产队里的人，一起干活，下地种田，一起按劳力分工钱。生产队的人，都同情这一家人。怀宁处于长江边，三两年发一次大水，大水过处，茅棚屋全淹毁，庄稼颗粒无收，村人便外出谋生或乞讨。来村里乞讨的这个怀宁人，出门乞讨三个多月，带着三个小孩，两个小的，是女儿，便沿路送人收养。不送人怎么办呢？怎么讨得了那么多吃食呢？他在田里干活，一说起这个事，便哭得合不拢嘴，呜啊呜啊呜啊，手不断地擂打自己的大腿，拧自己瘦瘦窄窄的脸。一直到了村里分田包干到户那年，怀宁人才回老家。他每次在生产队队部吃饭，用一个大钵头吃，钵头里是稀稀拉拉的菜煮饭，他一双筷子咯啦咯啦划得非常快，往大大的嘴巴里扒，扒得嘴巴满满的。腮帮鼓起来，包住，快速地蠕动口腔，伸长脖子，把吃食咽下去，像是别人会从他钵头里抢吃。

每年都有安徽人和浙西人来讨饭，或单身，或拖儿带女。讨饭的人，戴一个瓜皮帽，背一个包袱，手上拿一个铝盒。包袱里有衣物。也有背着棉絮草席来讨饭的。有几个来讨饭的人，再也没离开过村子，居住下来，男的成了寡妇的男人，女的成了媳妇，繁衍子嗣。也有寡居终老的，两个来自龙游，一个来自永康。永康人一直在一座废弃的屋舍里居住，打铜修锁补锅。

村里也有人外出讨饭，到了春荒，兜里揣一副快板出门，去镇外讨饭。快板是两块竹片，用一根红头绳穿洞连起来，捏在手上，啪哒啪哒敲："老嫂子，行行好。春荒老，我要讨。一个碗，养双老。家里苦，没法说。春荒长，熬不了。"断粮是常事，没有几户人家不断粮的。于是便有了偷粮的人。夏收之后，谷物堆放在生产队的仓库里。仓库在一个大瓦房里，被一把大锁锁上。守仓库的是一个五十来岁的裁缝师傅，睡在门房里。他人矮小，能识几个字，体力不怎么好，村里添衣的人也不多，他便做轻体力活，守门、记工分、称重、扫地、晒谷子。人是不能离开仓库的，饭也由家人送来。饭菜放在一个大提篮里，用一个篾圆盖盖着。有一次，生产队长来我家里，对我父亲说："仓库里可能叠了贼，有人偷了米皮糠，具体偷了多少，不清楚。"我父亲说：你怎么知道谷子被偷了呢？生产队长说：我在仓库的门内，撒了一层浅浅的石灰线，不细心看不出来，我看见石灰线被人来来回回踩了很多脚印。门窗是好好的，没人翻窗进去。队长远远蹲在仓库对面的一块麻地里，盯着。蹲了两天，队长发现了蹊跷。他发现送饭的人，都用一个大瓦罐盛饭，一个人吃，哪要大瓦罐呢。送饭人回家的路上，队长掀开大瓦罐，发现瓦罐里全是米皮糠。送饭人慌张地拉着队长的手，跪下去，说："求求老侄，别声张，一家人饿不住，偷点米皮糠充粮。"

裁缝师傅家里劳力弱，挣不了多工分，粮食有大半年续不上，儿子大字不识一箩筐，左脚生了骨髓炎，走路身子歪歪地撇着，三十好几了，儿媳妇还不知道在哪家。村里有一个在县革委会的人，姓叶，生了六个儿子，其中老三是个低智人，二十六七岁，四肢健康，说话结舌，在外面玩，不知道路回家。老叶找到裁缝师傅，说：你把你女儿过门给我老三，饭管饱，衣服不上补片，别人的礼金是一百八，我翻倍给，我们结亲是结义亲，不会亏待你，多好呀，也可以给你儿子娶一门亲。裁缝师傅支支吾吾，说：不是旧社会了，父母做不了孩子的主，看看孩子的意思。十八岁的女儿死活不答应，说嫁给一个傻子，不如死了算。裁缝师傅说：你哥老婆都娶不上，饭都吃不饱，你是不是想让家里断了香火呀。说着说着，给女儿跪下去。她妈也说：我知道是火坑，可火坑也要跳下去呀，孩子，从我这样的娘胎里出来，命苦呀。

谁的命又能说不苦呢。有一年，生产队的队部所在的老屋，屋梁霉变得厉害，都快坍塌了，请邻乡八都公社的大木匠师傅来翻修。大师傅六十来岁，右腿有些瘸，生产队安排他在银兰家居住。银兰三个儿子，只有老二讨了老婆，房间也没空余的。大师傅便住在木楼上，床正好铺在老二房间的上面。房里的动静，楼上听得一清二楚。大师傅是个特别能说的人，说老婆死了几年，孩子都成家了，大队里去年分下来的粮食，还没吃完，手艺人就是这么好，一日三餐吃别人，还有工钱拿。大师傅翻修了一个多月，老屋亮堂堂的。大师傅和银兰一家的关系，相处像亲戚。大师傅常给老二的小孩买几块糖果吃，给银兰家里买肥皂酱油什么的，上镇里，还带葱油饼、生煎包、麻花、牙膏、手绢给孩子。大师傅说："住久了，相当于认了一门亲戚。"大师傅离开半个来月，银兰的儿媳妇不见了。起先银兰还以为儿媳妇是回娘家了，过了两天，儿媳妇还没回来，打发老二去陈坑坞看看。老二去了，也没见着，两家人全慌了，找了周围的山山坞坞，都没有寻见人。人不是失踪而是跑了。可跑哪儿去了呢？过了三个月，一个开拖拉机的人，来村子里拉石灰，说在八都看见了老二媳妇，银兰一家这才回过神来。

似乎每一个人都有饥饿的记忆。我的生肖是狗。在我出生时，母亲养了一条狗，说：狗命贱，再烂贱的东西都吃得下去，只要吃得下去，便可以活下去。我十岁，年冬，地寒天裂。狗一直没换毛，毛楂楂，怕冷，老躲在门角、桌下、灶房。这十年，狗几乎没离开过我。我上学，它也跟着。我砍柴，它带路。我捡蘑菇，它便蹲在树下等我，伸出红舌头，唏呼唏呼地哈气。狗是黄狗，也叫土狗，溜滑滑的黄。狗的唾液能解毒。邻居有生疔疮疽痈的人，草药治不好，便坐在我家青石门槛上，裸出手臂或腿部，让狗舔疮口。其他的狗都不舔，就我家这条老狗会舔，趴着，舔得细致耐心。狗舔了十天半月疮口，再毒的疔疮会愈合，不留伤疤。腊月的大雪下下停停，停停下下，雪化了又积，积了又化。我母亲一直发愁，过年的吃食还没着落，还没置办年货。我三姑父来看望老丈人，在桌上喝酒。狗蹲在桌下，老妨碍三姑父架二郎腿。他用筷子敲敲碗边，说：年货不是现成的吗，哪还需要置办呢？吃完了饭，三姑父把所有的门关起来，只留大门一条侧缝。狗惊慌地四处乱窜，在厅堂里旺旺地叫。它能预知接下来事情的发生。我号啕大哭。我母亲对三姑父说：就是过年吃稀饭，也不能杀这条狗。三姑父说：狗养起来不就是吃的吗，又不是牛，牛可以耕田，狗杀了，明年再养一条。狗从门缝钻出去，脑袋被两扇门夹住。狗蹭着后肢，尾巴甩来甩去。狗叫了一会儿，便不叫了。三姑父拉开门，狗瘫在地上，上下的牙齿深深陷在自己的舌头上，牙缝流出猩红的热血。血很快冻结成一摊，竖起来的耳朵也软下去，前肢弓曲。

饥饿给人的胁迫感和驱使感，是相同的。当一个人长期处于饥饿状态，是一个人的不幸。当集体长期处于饥饿状态，是一个国家的不幸，个人的饥饿记忆也将成为集体记忆。苍生多饿殍，是时代之痛。饥饿就是战争。

现在，世界上还有多个国家的大多数国民，处于长期饥饿状态，如战火下的叙利亚，动荡的利比亚、津巴布韦、利比里亚、刚果民主共和国、布隆迪、索马里、尼日尔、阿富汗、厄立特里亚等。这些国家，每年还有许多饿死的人。饿死的人，是无辜的，罪责应该由当权者承担。

年少时，读唐朝杜甫《自京赴奉先县咏怀五百字》，不解“朱门酒肉臭，路有冻死骨”。我以为只有存在皇帝的社会才会这样，只有科技不发达耕种技术落后的远古时代才会这样，其实不是，只要有专制政权的存在，饥荒就会大面积发生并持续发生，人吃人的悲剧就会不断上演。

饥饿，是人根本的生命意识，从营养角度说，是自身所需的氧、热量和营养素供给不足的状态；从代谢角度说，是人体的胃和小肠排空，需要食物供给。因为有饥饿感，我们才知道自己还活着。饥饿，是我们身体里一口钟。饥饿，让我们警醒，让我们追问：为什么曾经大面积的人长期处于饥饿状态？我们怎样才能彻底免除饥饿？

饥饿，已经告别我们几十年，彻底地远离了我们。但我始终不会忘记，我像一匹孤狼，曾被饥饿驱使。为了在学校吃上一个馒头，我曾偷偷撬开我父亲紧锁的抽屉。我以为那里面有角币，或分币可以拿几张，去学校的食堂买馒头吃。我用螺丝刀，钻进锁孔，转，转，把锁的弹簧拔出来，拉开抽屉，一分钱也没有，也有旧账簿厚厚一叠。我的一个同学，在一个包子铺偷煎包子吃，被抓住送到班主任办公室。班主任训责他，问他为什么去偷。他紧紧地抿嘴唇，一言不发，泪水扑簌簌地流。他是个惯偷，专偷东西吃，偷油条偷清汤偷晒在屋檐上的咸菜，只要可以吃的，他都偷。到了初三，他被学校开除。对于一个长期被饥饿所威胁的人来说，尊严不如一个馒头。

我是一个特别珍惜粮食的人，浪费一碗饭，我会难受。小时候吃饭，桌上落下一粒米饭，都要夹起来吃，不然，我父亲的筷子会落在我头上。碗里，也不能剩下一粒饭。“浪费一粒米饭，都是罪孽啊。”我父亲常常对我说这句话。他比我更懂得食物的重要。有很多次，他对我讲起三年自然灾害时期，村里的人，吃光了野菜，吃树皮，吃观音土。村里的人，先是面黄肌瘦，要不了两个月，全身浮肿。溺婴和老人投河事件，频繁发生。每次说的时候，他都很动容。“好了，一切都过去，不会再发生了。一个人的命运，总是和国家的命运是紧密相连的，即使是普通的民众。”父亲抹抹眼，点一支烟。八十多岁了，声音还是洪亮，他说，“不要没收农民的土地，不要掠走地上的粮食，不要夺走屋里的女人，这样的国家就会伟大。”他是个农民知识分子，他说话喜欢总结问题。

盛开的手

“一腡贫二腡富，三腡打钉四腡磨豆腐，五腡郎当脚六腡纺夏布，七腡荡荡街八腡下河埠，九腡拨算盘十腡唱唱歌。”

腡是一种指纹的形状。枫林人把指纹分成腡和箕两种。这首儿歌是唐僧教给我们的。唐僧背上的帆布袋里装着一把蛇皮二胡和一副黄褐色纸牌，一边走路一边哼歌。唐僧是个瞎子，衣服整洁，有红色花纹，脸白白净净，有些肥胖。他有一个孙女，八九岁，扎马尾松，穿豌豆花的裙子，会唱小曲。孙女用一根小圆木，牵着唐僧。唐僧是他的外号，真名谁也叫不来。他是个相命师，很灵验。我母亲这样说，村里人也都这样说。村里有一个人叫泥堆，和上村的一个女子正说合了亲事，下了聘礼，还没完婚。泥堆叫唐僧给他算算。唐僧问了泥堆的生辰八字，说，你三十岁那年要丧妻。边上的人说，唐僧，饭可以乱吃话不能乱说，人家还没成婚呢。唐僧一走，泥堆就悔婚了。因为上村的女子病恹恹的，走路的力气都没有。泥堆说，亏几千块钱是小事，总不能娶个短命鬼吧。隔了两年，泥堆娶了一个山里人，高高大大，能挑一百八十斤的担子，拉屎一样生儿育女。到了泥堆三十岁那年的秋天，他老婆捡完油茶籽回家，喝水，一碗水没喝完，就死了。暴毙而死，是谁都没预料到的。我母亲暗地请唐僧给我算过。唐僧说我命中有两条狗，双犬吞月，跑得越远越好，留在枫林，是个讨饭命。我听了哈哈大笑。我母亲见我不恭，很严肃地说：唐僧只要摸摸一个人的手，就能相定一个人的命，八九不离十。

这是三十多年前的唐僧。他那时已经年过五十啦。是啊，饶北河两岸的人，谁不认识灵山脚下的唐僧呢？他走村串户给人算命，头戴一顶呢绒紫色瓜帽，两道眉毛下垂雪白，穿一双黄牛皮翻毛皮鞋，后衣领挂一把黑雨伞，走路哼歌。“唐僧师傅，来喝杯茶。”相熟的不相熟的乡邻，都会热情地邀请他小坐一会儿。

他一落座，手往后背一撩，取出二胡，咳咳咳，清清嗓子，不徐不慢，架起腿，边拉边唱。唱几句，又和乡邻对话几句，或者，他说的话干脆唱出来。茶喝了小半碗，厅堂里聚了一小圈人，有的手里拎着菜篮有的拿着铁锹，更多的是小孩，眼巴巴地望着桌上待客的南瓜子，胆大的，猛然抓起几个攥在手心里。唐僧靠声音识人，他的手也能识人。一个成年人只要和他握过三次手，他就能记住这个人。他说，一个人的手就是这个人的碑，上面写着各自的碑文。

山墩的手指可能不是全村最短的，但一定是最粗的，像狗骨树的老根，指关节暴突，硬实。他是个制水泥涵管的师傅。他在村公路边搭了一个石棉瓦的简易棚子制涵管。山墩矮个敦实，头小脸圆。他的气力特别大，能抱两袋水泥。路边竖一块广告牌：山墩涵管厂，联系电话××××。他爱酒，一日五餐，早中晚餐外加下午和晚上加餐，一餐三块大白肉二两谷烧。他说：没有酒肉干不动活。他说话有重复的习惯，第一句音量高重复句压在喉咙里。“酒要三块钱一斤（酒要三块钱一斤），不省着吃（不省着吃），酒钱都赚不来（酒钱都赚不来）。年猪杀了两百三十四斤（年猪杀了两百三十四斤），全留着自己吃（全留着自己吃），平时哪舍得花钱买肉呀（平时哪舍得花钱买肉呀）。”正月初三，在小货店门口，他坐在自行车的破垫子上，说：“我们不比领工资的（我们不比领工资的），吃喝都要有全年的计划（吃喝都要有全年的计划）。”木匠松树佗刚从赌桌下来，把一沓钱在手上甩得啪嗒啪嗒，牙齿狠狠地咬着烟，说：山墩，你去押两把麻将饼，这个钱来得快。山墩说：庄家要水泥涵管，我就押几个，又怕把桌腿压断了。大家哄地笑起来。松树佗说：我们村里三个人做事最苦累，你山墩数第一，苦累有什么用呢，自己抽两块三的烟喝三块二的酒，看看人家老六仔，靠桌子营生，今天麻将明天扑克，你见到了吧，还带女秘书提包，光车子都一百多万，你看看他的手，像个面包，你的手像什么，像狗爪。山墩把月兔烟散了一圈，说：你的手就是劈木头的，他的手就是摸麻将的，我问问你，劈木头的手敢劈人吗？说完，扭头走了。

有一年，唐僧都有十多年不算命了，到枫林走亲戚，和山墩共桌吃饭。山墩说：唐僧师傅，我是不是蚂蚁投胎啊，命有说不出的苦。唐僧摸了山墩的手，就把孙女许配给了山墩。唐僧说：你的手让人踏实，像脚踏在熟路上，不悬空不虚晃。那时山墩还没有说话重复的习惯，还没有喝酒的习惯，他还是个石灰厂里的开石工。一根铁钎一把锤一担簸箕，是山墩的全副家当。山墩翻来覆去地看自己的手，觉得像把背圆刃钝的泥刀，也像把阔口受力的铁铲。看着看着，自己嘿嘿笑了起来，山墩把嘿嘿的笑藏在心里，抓起一把朝天椒，塞进嘴里，慢慢嚼。

不要和做房子的人比肩挑，不要和娶媳妇的人比脚力。山墩像一个陀螺，在石灰厂在后山的荒地在饶北河打转。他借居在祠堂。他是第三代借居。他四岁时父亲故去，五岁时母亲不知去向。他十一岁时祖父故去，十四岁时祖母和祖父又同住在了一棵油茶树下。早上，山墩到后山开荒，种了大片地的红薯、豇豆、高粱；晚上，头上戴一个大电筒，背一个电瓶，到饶北河打鱼；清早拿到街上的酒馆卖钱。

结婚的那天，婚床还是稻草垫子，连个棕垫或棉絮垫都没有。弹棉花的四根过意不去，抱来旧棉絮，送给山墩，说：女人就是窝，没有棉絮窝就不暖和，窝不暖和女人就生不了根。新娘叫荸荠，瘦瘦黑黑，眼睛乌亮，扎一条麻花辫，嘴巴甜，很是讨人喜欢。村里人都说山墩好福气。只是新娘缺乏一股精神劲儿，慢条斯理，走路怕踩死蚂蚁，吃饭怕磕碎牙齿，挑水怕压断扁担。山墩倒是供奉土地神一样，心疼老婆荸荠。年长一些的人，说，荸荠小时候胖嘟嘟黑黝黝的，唱起小曲，多招人呀，恨不得拉进门做童养媳。

赤脚医生鼻屎私下说，荸荠身子骨不好，手白得没血色，冰凉，捏在手上像捏一条蛇。荸荠一个月有那么几天不出门，躺在床上，鼻音浑浊，喉咙像塞了一团棉花。山墩里里外外一个人操持，熬药端茶的。但鼻屎也说不出荸荠有什么病。有一团火，在村里村外滚来滚去，只要一点点风，还会滚得更快。这团火，就是山墩。他的心里有一股龙卷风，夹裹着他。

矮墙上，野蔷薇结出一粒粒的小果实，青色，表皮上有淡淡的黄晕。野蔷薇有手腕粗，是当年盖房子时荸荠随手种下的。野蔷薇趴在石头墙上，一寸一寸地长。初夏时分，小朵小朵的粉色花朵压满了墙头。去年，一个苗木贩子来到山墩家，看中了这株蔷薇，开价三百元想买走，山墩不肯。贩子把钱放在八仙桌上，抱着茶杯，不时地低下身子，用手摸摸蔷薇根，用鼻子吸吸蔷薇花。山墩把贩子的茶杯摔在地上，又俯身去捡碎片，捡着捡着，一屁股落在地上，呜呜呜，失声痛哭。贩子莫名其妙，抽身而逃。

和蔷薇同时栽种的，还有一株石榴树。石榴树已高过屋檐，被雷劈了一半，另一半在春夏交欢之际，开出一蓬蓬娇艳的花。这块宅基地，是祖上传下来的，没钱盖房子，一直撂在那儿。山墩结婚的第三年，自己打石料自己挑沙自己拉石灰，干了两年，垒了一栋石头房，四开间。山墩的父亲是个雕匠，村里的花轿、花窗、花床、藻井、茶几、屏风、案桌，大多出自他和他师傅之手。雕刻的花纹也几近相仿，大丽花、菊花、山茶花、牡丹花、水仙花，竹、梅、松，鹤、马、鹿、羊，云、海、涛。有些组雕是有故事和寓意的，有桃园结义、凤求凰、十里相送、秦琼卖马……我表姑的旧房子现已破败，是木质结构的，一个大天井，里外开间，是旧时代大户人家的祖屋。我表姑父说起山墩的父亲，至今仍然头头是道，兴趣盎然。他已退休，一半的头发已麻白。他衣服的前襟落满烟灰，他说：山墩的父亲叫梦胎，梦胎是个残疾人，患有小儿麻痹症，靠双拐走路，但手上功夫了得。梦胎自小习画，无师自通，山水虫鸟，人物地理，无不传神。

一个来村里做事的雕师见了梦胎，说：你跟我学雕吧，一个雕匠三个木匠，养家不成问题。表姑父说：你看看我的花窗悬梁，木头都有些腐败，但气势还在，气象万千，东阳来收旧木雕的人，光一块花窗就开价一万元，我可舍不得卖，梦胎足足在我家里雕了三年，我那时还是光屁股的孩子。表姑父爱喝茶，喝完茶，把茶叶也嚼烂，吞下去。“很多东西都失传了，现在盖房子都是钢筋水泥，村里再也没有雕匠了。别说雕匠，连篾匠也没了，箍桶匠也没了，瓦匠没了，畚匠没了，现在的农村都不像农村了。”一次，他在我家里，对我说：“城市都是一个粿印印出来的，以后，农村也会从一个粿印印出来一样的。”

一张桃木花雕床，是梦胎留给山墩的全部家产。山墩两岁时，梦胎腰部以下已没有感觉，拉屎拉尿要人抱下床。四岁时，山墩都撇开双腿到河里抓螃蟹了，梦胎撒手而去。临走前两天，梦胎躺在花雕床上，殷红的土漆还泛着桐油的亮色，床架两边是《西厢记》花前约会的人物场景，他抚摸着山墩胖乎乎的小手说：可惜呀，我教不了你画画，不然，将来你可以成为一个很好的雕匠。泪水打在山墩圆滚滚的手背上，山墩站在床前，感到莫名的紧张。十年之后，当整个家只留有他一人之时，他才感到，当年滴在手背的泪水，是多么阴寒，又是多么温热。那是他心里最暗处的一个旋涡，呈螺旋形上升，也呈螺旋形收缩。他被屏蔽在里面。他端起铁钎，拿起铁锤，做了石灰厂里的开石工。中午，大家都回家吃饭了，他一个人坐在石堆上吃早上带来的冷饭，有时还没饭吃，只吃三个烤红薯。他怨恨那个把他带到这个世界的女人，但她已杳无音讯。他只记得她说话声音跟吵架似的，噼噼啪啪，溍出来的口水悬在嘴角两边，白白的；额头宽宽，像一道田埂；眼球突出来，有很多的眼白；手又宽又厚，盖在自己的手上，像一团棉花。他再也没见过这个女人。据说，当年，他的母亲是和一个牛贩子跑的，除了身上的衣物，什么也没带走，或者说，能带走的，都已带走。也许，在十岁之前，山墩经常梦见母亲，梦见母亲的手轻抚在自己稚嫩的脸颊上，带有体血的温热。熏人的呼吸的吹拂，像春天的饶北河水漫过草滩，像月光照耀深夜沉醉的熟睡。他端着冷饭扒进嘴里时，泪水不可控制地流进了碗里，饭是那样的咸，那样的硬，像在盐缸里浸泡过的沙子，他用手摸摸自己的脸，又冷又粗粝，像自己天天开出来的石灰石。石灰石上什么也没有，包括旧年的灰尘。他和他的母亲，就像手心和手背，同为一体，但永不相见。

山墩手的外延部分，是钎、锤、刀、锄、铲、钻、犁、耙、耖。开山凿石，开荒栽棉，开基做房，开耕种粮。他用锤砸裂石头，咚哒——咚哒——咚哒——咚哒！赤着上身，双肩鼓隆，像绷紧的牛皮鼓，锤子落在石头上的声音，干脆利索，在山谷里有悠扬持久的回声。他的手早已开裂，虎口有刻刀削后的刻痕。你和他握手的时候，你感觉不到那是手，倒像是一张砂皮。空闲时，他总把手抄在衣袖里，环放在前腰，仿佛只要他一露出手，就亮出了全部家底，亮出了他的一年三百六十五天，亮出了山谷里遍野的石灰石。若是衣袖口破了，会让人看见黑黑厚厚的指甲，像晒干的乌龟壳。

荸荠入门的第三年，在河边盖了石头房，三个小孩相继落地。第十三年，荸荠把床搬到了后山的荒地里。她患的是先天性心肌炎，是临死前四年才查出来的。山墩每个月都要到百里之外的医院里开药。他找老中医问了饶北河流域有什么草药可用，他就上山挖，洗净，晒干，熬水煎药。初一、十五，他还到庙里讨一些香灰，泡水喝。香灰治病，是庙里的人师父说的。荸荠坐在院子里，晒太阳，偶尔给蔷薇、石榴浇浇水。这是她唯一能做的活儿。她把所有的力气都省下来，用于说话。但她并不是一个悲观的人，见了谁都脸带微笑。有一年正月，山墩和他老婆到母亲家玩儿，对我母亲说：今年开春后，我们要去北京看看，我半辈子都困在一张嘴巴里，围着牙齿打转，人活一辈子，要是没看过北京，亏欠眼睛一辈子。

北京回来，正是谷雨时节，到稻子泛青转黄时，荸荠靠在山墩的怀里再也没有醒来。那天下午，荸荠说，山墩，你抱我洗个澡吧。山墩往灶膛里添柴，泪水扑簌簌落下来，胃里酸酸的东西向喉咙翻滚。水烧好，山墩端来大木桶，把荸荠抱进桶里。荸荠说："你帮我擦澡有七八年了吧，我却没给你擦一次澡。""给你擦澡，是我前世修来的福气。"荸荠握住山墩的手，说："每一个人都有自己的命，不要怨恨别人。"山墩说："我不会的，我是好命，我娶上了好媳妇。""执子之手，与子偕老。在我八岁时，我陪我爷爷算命，我爷爷就对我说，相亲相爱的人都能白头相共，可是我想相共，却没时间了。"荸荠把丈夫的手包在手心里，说："我一辈子很满足，你的一双手，把能给我的都给了我，我却没什么给你。我只给了你三个儿女，你好好抚养他们，善待他们。"山墩把荸荠的头抱在怀里，失声痛哭。

那天晚上，夫妻说了很多话。山墩靠在花床上，抱着荸荠，三个孩子坐在床前。山墩一直哽咽，孩子也在哭。最小的孩子还不足五岁。到了后半夜，孩子们熟睡了，荸荠还在说，气若游丝，直至没了声音。

还不到四十岁，山墩的背就驼了，即使是夏天，他的脸上也结痂壳，像冰霜封冻之后的泥浆。"天怎么这么短（天怎么这么短），才挖了三块菜地日头就下山了（才挖了三块菜地日头就下山了）"。自荸荠过世后，他落下了重复说话和自言自语的病根。"夜上去借三百块钱（夜上去借三百块钱），老三的学校又要补课了（老三的学校又要补课了）。"

涵管厂很少有现金进来，平时的顾客都是邻居，要到年底才付钱，有的欠了三年还不了。晚上，山墩去河里电鱼，拿到市场和酒店去卖，变些活钱开销。山墩一直鳏居。初一、十五的傍晚，山墩和小孩都要到荸荠的坟上去，点纸烧香，跟荸荠说说小孩上学的事，年猪杀了多少斤，茶油榨了几壶，谁谁出嫁，谁谁亡故，一年的收支是多少。有一年，我回家过年，我母亲杀了一只老母鸡给我吃，说：这是山墩送的。我一脸惊讶。母亲说：山墩的手是你治好的，他要好好感谢。那几年，山墩的手背长满皮癣，还呈不断扩散的趋势，看了很多医生多不见效果，到了冬天，皮癣渗红红的血丝，生痛。我送了他两坛蛇酒，叫他一餐喝三小杯。喝了一年多，皮癣好了，也不复发。我也害了他，养了他酒瘾。他对我母亲说："我的手就是生路，一家人的生路。"

他的三个小孩我已多年没见过。大儿子美术学校毕业后，在广东一家大公司做设计。老二是个发型师，小学没毕业，据说特别喜欢赌博，欠了赌债，三年不敢回家。老三是女儿，小孩都四岁了，在广东开窗帘店。山墩差不多有五十多岁啦，还在做涵管。他的头发剃得很短，一片灰白。

坐 K1585 列车记

下午四点，事办好了，又没人玩，想想还是回上饶。南昌至上饶高铁一小时到达，大巴和列车也都是三小时到达，非常方便。朋友建议说，这里离南昌站近些，坐下午六点五十分的九江至上海南这趟火车，简便一些，不担心没票。我办了退房手续，即往火车站。

南昌火车站还是一副麻木不仁的老样子，灰扑扑，像一只鸵鸟。到购票处，见里面乌黑黑的一群人，溽热。我排队，看着墙上一排红红绿绿游动的电子显示屏。排了半个多小时，轮到我，我说：去上饶。答：九点三十三分有站票，是武昌到温州的。问：九江至上海南这趟呢？答：最后一张站票，刚刚买完了，九点三十三有站票，最后两张，要不要。我把钱塞进窗口，说：要一张。

出了购票处，看了看车票，是 K1585 列车。天下起蒙蒙雨，云块一团团盘踞，厚厚的，黑黑的，像一块冬天抽干了水的泥塘，倒扣下来。廊檐下，站了好几个中年人，躲雨，缩着身子，有的抬头看天，有的低头看地上滚落的水珠。我到了二楼二号候车厅，全挤着人。我听到广播："重庆到宁波的旅客请注意了，列车马上要进站了。"我进了候车厅，见要检票的人马上排队准备检票，我找了位子坐下。我扫了一眼大厅，有两列长队，座位全坐满了人，过道和门口也全是人。我熟悉这样的环境，也不再多看。我打开刚刚在书摊买的一本"八卦"书，慢慢看。

晚八点四十七分，书翻完了，给了身边一个大学生模样的人看。一个妇人走过来问：要买凳子吗？我说：买凳子干吗。妇人五十来岁，拎一个布袋子，布袋子里有七八条小凳子。小凳子是合金的，空心，凳面是尼龙网，可以收起来。妇人说：火车上坐呀，方便。我说：那你一天能卖一百张凳子吗？妇人笑起来：你想卖凳子吗？能卖五十张不错啦，你不买凳子，买充电宝吗？我说：那你卖充电宝，能卖几个呢？妇人叫："买凳子，十五块钱一张，买充电宝，真货。"边吆喝边走了，一只手拿充电宝，一只手掰开人群，手伸出去，身子再挪过去。一个矮矮瘦瘦有稀稀胡茬的小青年，站在我边上，背一个小包，一手拿凳子 手提笔记本电脑包。我说：你学校放假了？他的眼球在眼镜里转了两下，说：放假了。我说：学什么专业的？他说：学会计，学会计没用，老师讲的没有用，我不想读，去打工，毕业了也是打工，工资也只是两千多。我笑了，说：知识都是有用的，没有用的是没学到知识，却以为自己学到知识。他笑了，说：我父亲做石匠，养一家人，我以后做会计，不一定能养一家人。我说：是呀，你父亲做石匠是出师了，你做会计出师了，你能养十家人。他说：那会计出师要多少年呢？我说：聪明好学的人，得二十年吧。他嘟囔，能不能再活二十年都不知道。

检票处的电子显示屏游动一条字幕：K1585 晚点十二分钟。但大家还是站起来排队，等待检票。

晚九点二十五分，电子显示屏游动一条新字幕：K1585 晚点三十分钟。一个人说：就知道晚点，怎么不提前来呢？另一个人说：提前开，有坐不上车的人，怎么办？一个中年妇女说：晚点怕什么，我们有的是时间。一个粗哑的男中音说：中国有两样最不值钱，一个是时间，一个是权利，火车晚点不赔钱给我们，为什么不可以晚点。中年妇女说：怎么赔，每个人时间的价钱是不一样的，赔多赔少大家有意见，不如不赔。学会计的学生说：把火车晚点放到网上去，让铁道部长看看。粗哑的男中音说：他看这个干什么呢。

十点零五分，又更新了一条字幕：K1585 晚点四分钟。学会计的学生说：再不会晚点下去了，人的耐性是有限的。我说：还会晚点的，这是心理学。十点十五分，又更新了一条字幕：K1585 晚点十四分钟。

十点二十七分，开始检票。也不是检票，打开栏杆，人哄的一下子，全涌了进去。相当于水库放水，蓄水太深，闸门打开，水奋不顾身冲出来。

我到餐车门口，问乘务员："餐车有饭吃吗？"乘务员说：有饭也没法吃了。我说：为什么。乘务员说：餐车的地上都坐满了人，人进不去。我也是想在餐车点几个菜，慢慢吃，吃完到家。我走到四车，四车门口堵了七八个人。乘务员叫："里面的人快进去，不然，旅客进不去了。"乘务员四十来岁，头像一个陀螺，脸门很窄，她用手推堵在门口的旅客。旅客又进去了四个，还有四个在外面，包括我。乘务员叫：“往车厢里挤进去，里面很空，可以站很多人。”我进去了。乘务员推我，“再挤挤。”我头转动了一下，全是脸。乘务员进来了，“你们不进去吗，不想火车开吗？把小孩抱起来，抱起来！”她说。人全进来了，车门关不起来。乘务员打一个人的屁股，说：“挪挪屁股！”门可以关了。

门刚关上，门边各站了一个小孩过去，一个十来岁，一个四五岁。十来岁的小孩是个女孩，紧挨着是一个妇人，三十多岁，坐在一个结结实实的布包上，手抱成一个圈，头埋在圆圈里，露出一个头发乱蓬蓬的脑袋。四五岁的小孩，我看不出是男是女，看脸型是男孩子，看头发是女孩子，坐地上睡觉。紧挨着小孩的，是一个三十多岁的男人，穿白衬衣，外穿一件藏青工作服，也坐在地上，靠着睡觉。一个看起来五十来岁的妇女把手叉在两壁，刚好把这四个人隔在车侧门过道里。中间过道连着两扇门。紧挨着坐在布包上睡觉妇人的，是一个男的，二十七八岁，手举起一条凳子，一只手扶着过道右后门门角，伸直了身子。他戴一条粗粗的金项链（二十块钱一条的那种，项链有一部分褪色了，灰白的合金露出来）和一条粗粗的手链，穿白色的汗衫。我靠在左后门门角，车子开动，要起来，磨蹭着脊背，很舒服，像抓痒。我的左边是另一侧门的过道，我的腿边，坐着一个男人，肩胛骨粗壮，整个头都低到底下，头只露了一个圆圆的脑壳出来，头发粗粗直直，松叶针一样，头发短，黑白间杂。和他并排坐的，是一个男的，三十来岁，拖鞋垫在屁股下，头发估计有三两月没剃了，软塌塌的，有一些粉尘。他的一双脚架在对面的壁上，脚趾又粗又黑，指甲缝里都是污垢。他抽着烟，手在手机屏幕上，边滑动边看，不时大声地肆无忌惮地笑。他的脚右边是一个很大的黑色塑料袋，鼓鼓的，不知道里面塞了些什么。塑料袋边上，一个五十多岁的男人，矮墩墩，靠着前门左侧角，正好和我面对面。他把手抱在下腰，穿一件黑圆领衫，脖子粗粗的，脸有粗粝感。前门右侧角，站着一个二十来岁的女孩子，穿高帮绑带黑皮鞋，裤子是黑牛仔裤，把腿绷出了线条。她穿了一件白色的线衫，网状的，外披了一件红色的斜领线衫，针织的，戴耳机，左手托着手机，讲英语，边讲边笑。她的右手抄进一个手提包，边扶着她人造革的拖箱。拖箱靠在一块有半截玻璃的门上，门上有一行压进去的字：电房危险，闲人勿进。拖箱边上的，是一个凹进去的空间，我刚好可以看见两个挂在壁上的灭火器。一个女孩子二十三四岁，露出半边身子，背一个鼓鼓的布包，胸前抱着一个小提琴。她有些胖，圆脸，眼睛里散发一种近似童真的光。拖箱的对面，是一个二十三四岁的男人，戴眼镜，坐在他自己的黑色拖箱上，在看手机。

我的右边过道站了一个三十七八岁的男人，高高大大，手很粗，像一根圆木头，手臂上有一只蜘蛛文身。他穿一件蓝黄条纹的汗衫，有一股浓烈的汗味。他的脸上有一种长期在工厂里干活才有的缝隙一样的纹，他手上拿着一叠报纸。和他站对面的，是一个剃光头的男人，四十来岁，穿一件短袖蓝色工作服，扣了一个最下边的纽扣，肩膀结实，胸肌鼓出来。工作服上有两个白字：邦辉。他一只手抱着一条草席，另一只手撑着过道壁顶。

列车开出一刻钟，有了第一个人讲话。讲话的是拿报纸的人，说：浪费两块钱，还以为可以把报纸铺开睡觉呢。接他话的人是拿草席的人，说：从家里抱草席来，倒了两趟车，也没找到地方睡觉，我们换一个车厢看看。拿报纸的人说：你先去找，找到地方睡觉了，打我电话。抱草席的人往后车厢，即第五车厢侧身，把脚抬起来，跨过一个蹲在地上的小孩。抱草席的人挪开身子，举凳子的人，把手放下，侧身，坐了下去，长长地叹了一口气。

双手叉在两壁的妇人，说：小孩真可怜。那个十来岁的小女孩一直站着，看着门外。门外黑魆魆的，雨噼噼啪啪打在门玻璃上，雨珠溅散开，一圈圈的波纹被风吹得变形，瞬间没了。雨滴像沙子，敲击的声音尖利。小女孩穿一件有绒边的衬衣。我说：这趟火车有很多小孩。妇人说：放暑假了，大人带小孩去聚聚，一年难得和小孩见几次面。我说：你是去帮你儿子带小孩吗？她不好意思地说：我小孩才八岁。我说：你双手叉起来，像个门神。她哈哈笑起来，说：做工的妇女熬夜多，我是不是看起来特别老。我说：那也不是，你的家庭肯定殷实，你家庭责任感比别人更强吧。她说：我老公不赌博的话，我的生活肯定好，可是他禁不住不赌博。

站在我对面的男人，说：最讨厌的人又来了。我侧过头看看，一个推车卖货的女服务员来了。推车上是矿泉水、饮料、瓜子。女服务员四十七八岁，矮矮胖胖，叫卖声特别悦耳："买饮料了哈，买瓜子了哈，让让道了哈，抬抬腿了哈，侧侧身了哈，让我过过了哈，麻烦大家了哈，我是为大家服务了哈，有需要说一声了哈，拜托了哈。"举凳子的男人站起来，又举凳子。拿报纸的男人把肚子吸进去一些。他们刚好空出推车位。坐在布包上睡觉的女人把头往后仰，继续睡。我把上身左斜，刚好空出一个车位。我问售货员："你的叫卖声怎么那么长，是我听过最好听的叫卖声了。"售货员说：不吆喝那么长，大家都动不了身子，人没法过，那么多睡着的人，有一个人不叫醒，车子都推不动。我问："从车头推到车尾，要多长时间呢？"她用右手翻上来，是四，翻下去，是五，说：至少四十五分钟。我说：那你一天来回推几趟呢。她咯咯咯笑起来：你这个人真有意思，看你也不像是要来应聘卖货的。

四号车厢走来一个十二三岁的男孩子，左手拿一个方便面的盒子，盒子里全是汤料。在四处看看，又走回去。也不是走，而是分开两边的腿，挪回去。门神一样的女人说："小朋友，小朋友，你可以把垃圾扔在座位底下。"小男孩回头，笑了笑。

我看看手机，列车已开了七十五分钟。抱草席的人回来了，对拿报纸的人说：走了七八节车厢，都找不到铺草席的地方，有几节车厢，比这里还挤。拿报纸的人埋怨说：那你怎么去那么久，我还以为你有好地方不告诉我呢？抱草席的人说：你以为我找女人聊天啦，你不知道，走七八节车厢，比爬山累多了，爬山我还可以跑，可以蹲下来休息，这里蹲不下去跑不起来，我宁愿去扛四包水泥。

抱草席的人回来了，举凳子的男人再也没法坐，又把凳子举起来。我说：我给你二十块钱，把凳子给门边上的小女孩坐。他转过头，看见那个小女孩站着打瞌睡。他推推小女孩，把凳子给她。小女孩屁股一落凳子，睡着了。我翻开钱包，找找，没二十块钱，给了一张五十块的。那男的说：不能要，大家在这里，是缘分。我掏出一包烟给他，说：那交个朋友吧，烟你一定要拿着。他说：那怎么可以。我说：你不收，说明你不想交我这个朋友。他接过烟，摸摸烟盒，扯开，给每一个男人发了一圈烟。发完烟，说：厕所在哪边？大家前后看看，矮墩墩的男人说：你自己后边。他转转身，又靠在门角上，可能人太多，厕所门很难打开。我说：鹰潭快到了，会停车的。有四个人同时问：开哪边车门呢？我说：要列车停下来，才知道。我又随口补了一句：可能左边吧。我不想右边开门，那里睡了两个小孩。发烟的男人转过身子，探头看看左边的门。我看见他的汗衫后背有一行红色的字：中国梦　我的梦。我问他：你这衣服哪儿买的。他说：厂里发的，一人两件，挺好的，厂里订做的，三十五块钱一件，算是福利。我说：那你单位比我单位好，我老板是欧也妮·葛朗台。他说：你老板是外国佬？外国佬比中国老板好，我的老板就是德国人。

讲英语的女孩子，手撑着自己拖箱，闭目养神。披在身上的外套，落下一边。我把她衣服拉起来，搭在她手上。她眼睛睁开，说：谢谢。我说：你衣服套在前面穿，这里是通风口，往下吹，正好吹你，你容易感冒的。她把衣服套在前面穿，说：还要坐七个多小时，真难站。我说：是难站，但也不是坏事，站几次，对你以后生活有太多的好处。她看看我，微笑了一下，又闭目养神。我想起自己在九十年代中后期，我经常坐这样的火车，去很远很远的地方。后来就再也没坐过了。我非常喜欢坐火车，它带着我跑，跑得我不知所终，又把我带回来。它带我去的地方，我称之为天堂；它带我回来的地方，我称之为人间。

鹰潭到了。乘务员用一张铁皮壳，击打过道的铁皮墙壁，嚷嚷：鹰潭到了，鹰潭的旅客快点出来。五个人，不约而同地问："鹰潭有几个人下车？"乘务员说：我哪知道呢？要下的都会下。列车停靠下来，乘务员两边看看，对左边门的三个人叫：快起来，要开门了，你不起来，开不了门。

三个人呼呼呼地起来。乘务员说：往后面挤一挤，门才能开。人全挤在过道里。门开了一半，开不了。乘务员叫起来：谁力气大，把这个栓子拔开。矮墩墩的男人，把栓子拔开，说，那个人把栓子弄歪了。

门打开，下去了四个旅客。进来了七个旅客。门神一样的女人说，怎么进来这么多。"鸡腿，上饶鸡腿好吃，买鸡腿。"站台上，一个清清瘦瘦个子高高的男人端着一个泡沫箱，往门口探头。他手上递一桶方便面给乘务员。乘务员还给他，说：天天吃这个，看见都想吐了。他继续叫：上饶鸡腿好吃，快买呀。一个旅客说：这里是鹰潭，怎么会有上饶鸡腿，肯定不正宗。"你刚上来，不能占我位子啊"，不知道是谁说的。

乘务员关了门，说：下一站上饶，上饶的旅客站门口。我扫了一眼，人员基本没变，站的，蹲的，睡的，也基本各就其位。唯一的变化是多了两个人。一个是打赤脚的人，脚没地方搁了；还站了一个五十多岁的女人。这个女人染黄头发，戴项圈一样的金项链（我估计也是二十块钱一条的，有一节断了，用其他金属环连起来），穿艳艳的麻布裙。打赤脚的人选择靠墙站，还在玩手机。我靠的位子，给了一个六十多岁的老汉。他有一个蛇纹带，鼓鼓的。我只好站在四扇门的十字交叉点。矮墩墩的男人从

乘务员关了门，说：下一站上饶，上饶的旅客站门口。我扫了一眼，人员基本没变，站的，蹲的，睡的，也基本各就其位。唯一的变化是多了两个人。

黑塑料袋里翻出一条凳子，坐在我叉在门角的腋下。车子开出十几分钟，一个卖充电宝的人来了，他个头比较高，他把装充电宝的篮子顶在头上，叫：“充电宝，是假货就退货。”到门口过道的时候，他蹲下半截身子，一只手扶篮子，一只手撑着壁顶，说，最后卖一趟，大家看看。

六十多岁的老汉，穿一双裂了鞋头的凉鞋，圆领衫是灰褐色的，领边的线脱了几圈。他有一张饱满的脸。

雨一直击打着门窗。

车里的人差不多迷糊了。即使有人借道而过，大家起一下身子，要不了一分钟，又恢复原来的状态。这时，我看到了四号车厢五号车厢的全景：昏暗的灯光下，浮起密密麻麻的头。

吭零哐啷。吭零哐啷……仿佛没有尽头……仿佛天忘记了发白……吭零哐啷。吭零哐啷。

雨滴像铁水，凝固的铁水。吭零哐啷。吭零哐啷。

凌晨一点四十七分，K1585列车靠站。上饶站到了。一路上，我没上厕所，也没有其他人上厕所。两个女售货员各来回两次售货。卖充电宝的男人，来回三次。有一个妇女买了两个鸡腿给小孩吃。那个四五岁的小孩始终没醒过。她身边的爸爸也一样。前后左右过道的人只有八个人说过话，还有一半多，一句话也没说。有二十三人冲开水泡方便面，有四个人接开水喝。有十七个人借道来回。有五个人姿势始终没动。没有小孩哭。举凳子的男人，蹲下，站起来，站起来，蹲下，一共四十七次。有三个人抽了烟，我抽了一支，矮墩墩的男人抽了一支，打赤脚的人抽了十三支。我是唯一没睡的人，我一直盘算着，什么时间带我女儿来坐一次这样的列车。

你从哪里来

去学校，要经过一座木桥。桥下，不是饶北河，是一条溪流，白白细沙，在溪水的折射中晃动。一群群鲅鱼贴着沙，吸浮游生物。溪流从山中来，雨季时，翻着浊浪，哗哗作响。桥头两棵桑葚树，远远看去，是一堆凝固的绿色浓浆。春分，溪边的毛茛、地丁、野菊，一夜暴动，花事繁华。桑树茸茸，芽叶耸出新枝，细细的米黄色一串串垂下来。可能桑树是南方结果最快的木本植物，我们还没打算吃瓜果的时候，桑葚熟了。

黑紫色的桑葚，犹如向上生长的糖。多么诱人！

上学，放学，我们几个孩童，蹦跳着，唱书歌。春光媚好。荷叶田田。到了桥头，我们会紧张起来，斜眼瞅着桑树下的那个人。那个人有十五六岁了，穿一件松松垮垮的旧衣服，蓝靛色，眼睛翻出一团白，长长的涎水，拉丝般地滴下嘴角。他叫水柴。他坐在树下的一块石头上，光着脚，黑黑的泥垢裹着脚板。树下，散落了乌黑黑的桑葚。夜风摇树，熟透的桑葚啪啪落下来。水柴吃了很多桑葚，嘴唇被染得发黑，衣服也满是桑葚汁，紫黑紫黑。蚊蝇在他头上，嗡嗡嗡。我们都害怕他，害怕他捡石头打人，或者从裤兜里摸出一把杀猪刀。想到他的裤兜，我便远远躲着他。我们离他还有两块田，便听见了一条黄狗汪汪汪狂叫。黄狗一直跟着他。水柴走到哪，都带着这条黄狗。这是一条老狗。黄狗习惯地伸出猩红色舌头，全身黄毛，走起路，下腹部左右摇晃，桑葚熟了，黄毛开始翻出来，一撮撮脱落。狗不咬人，但我们害怕。害怕狗会突然癫狂，突袭人。它白白的牙齿始终露出来，尖尖的，肯定能咬碎骨头。黄狗叫美朵。美朵这个名字，是水柴父亲明清取的。明清说，生了三胎都是儿子，想生一个女儿，便把黄狗叫美朵。美朵是明清从未来到世上的女儿。

放了学，我们操一根长竹竿，提一个篮子，去打桑葚吃。若水柴还坐在树下，我便从裤兜里，掏出火柴盒和烟盒，送给他，以换取他的友善。火柴盒、烟盒，是我们最好的玩具，我们四处收集。有时，我把父亲还没吃完的香烟，抽出来，把烟盒偷走。每天上学，书包里放了十几个火柴盒、烟盒。水柴拿到烟盒，嘴巴张得大大，两排黄牙夸张地展示出来。水柴是明清的二儿子，从没上过学。明清三个儿子都没上过学。水柴以前不是这样的。他七八岁开始放牛，牵一条黑水牛，手上操一根竹梢，和其他孩童一起去破塘水库山坳。其他孩童牵牛去了山坳，再去学校读书，牛便由水柴守着。水柴放了四年，明清不让他放了。有一次，水柴回家的路走错了，在山上过了半夜。半个村子的人，上山找人，打着火把手电，提着松油灯，三人一组，在各个山坳找。还是吹喇叭的炎水叔在茅棚坞找到。炎水叔松油灯照到牛卧在水潭里洗澡，叫："水柴，水柴。"没人应答，他寻山坞进去，看见水柴坐在红薯地里，往嘴巴里塞黄泥巴。炎水叔见样子像是“鬼附身”，便从裤裆掏出东西，射了一泡尿在水柴脸上，再把水柴抱回家。

邻居对明清说：你要给水柴招招魂，可能魂魄丢在野外了。跟不上身，回不了家，没有魂，人也找不到家。没有魂的人便是失了神的人，没有神，人哪是人呢？

叫魂的人是弄堂里的陶陶妈。陶陶妈六十多岁，是一个瞎子，眼皮不可控制地上下快速拉动，翻出眼白。头发半麻半黄，长长的，遮了她半边略显臃肿的脸。叫魂，在黄昏降临时，在水渠分水岔的三岔口。烧了三刀黄表纸，烧了香。黄昏半遮半掩，田畈迷迷蒙蒙，水渠边的梧桐树稀稀绰绰，淡黑的光映着魆魆山垄。陶陶妈把三块巴掌大的石头，叠起来，面朝东边，一只手拉着水柴，一只手掐算水柴生辰八字，说：水柴在东南边受了惊吓，叫七天魂，魂便回来，魂回来了，人就没事了。陶陶妈用一把竹梢扫把在水柴身上前前后后扫扫了七圈，说：干净了，可以回去了。陶陶妈拉着水柴，边走边叫：“水柴，回家喽。水柴，回家喽。”明清也跟着叫：“水柴，回家喽。”

叫了七天，水柴和以前有了很大的不一样。水柴开始自言自语，还时不时咯咯咯地发笑。吃饭也是这样，吃吃，咯咯咯笑起来。走路，也咯咯咯笑起来。和他玩的孩子，也不敢理会他了。明清问他十几次：怎么会跑到茅棚坞去呢？那是和回家完全相反的方向，走了几年的路，怎么会走错呢？水柴说：牵牛回家的路上，遇上了一条小黄狗，小黄狗仰着头，摇着尾巴，逗着他。他就跟着小黄狗走了，到了茅棚坞，小黄狗不见了，看见了一片西瓜地，西瓜好大，圆圆的，便坐下来吃西瓜了。明清说：那是红薯地，怎么会看见西瓜呢，见到了鬼了。

第七天傍晚，叫魂回家，踏进门槛，看见一条黄狗在门槛的底下，嗯哦嗯哦，亲昵地舔着水柴的脚后跟。明清说：这是谁家的狗呢？怎么到这里来了。明清的老婆五妮说：相邻有狗仔的，只有月仙和毛桃两家。狗是条小狗仔，和猫咪差不多大。五妮把狗仔抱到柴房，端了一个食盘，倒了一碗饭给它吃。

狗是小母狗，黄毛，黑嘴唇黑鼻子，前半个脸和脖子的体毛却雪白，脚踝以下体毛也是雪白，两只小耳朵竖起来，很是招人喜爱。五妮问了好几家人，都说没丢狗仔，也没人认领。水柴坐在板凳上，狗仔舔他脚背，扯他裤脚，转来转去。水柴轻轻踢它，它跳起来，腰背弓起来，嗯哦嗯哦，用毛茸茸的脸磨蹭水柴脚踝。水柴把它抱起来，放在大腿上，摸它背脊摸它脸。它眯起眼睛，嗯哦嗯哦。过了半个月，狗仔形影不离地跟着水柴。水柴去水缸喝水，它也抬起头，伸出舌头，嗯哦嗯哦。水柴去摘桃子，它在树下兜圈子跑，跑跑蹲蹲，仰头，嗯哦嗯哦。水柴在竹椅子上午睡，它蹲在他鞋里，耷拉脑袋睡。可水柴的魂，还没被叫回来。魂不知道丢哪儿啦，他笑起来，还流长长的涎水。明清和老婆五妮商量：是不是请灵山打醮的人来，做一次道场呢。五妮说：陶陶妈都没用，打醮的人更没用。陶陶妈，村里人信她，谁家丢失了鸡鸭，都找她打卦，鸡鸭跑到谁家去了，都能算出来。吹喇叭的炎水叔对明清说：你家房子朝向不好，厅堂阴沉了，厅堂也堆了太多杂七杂八的东西，风车、打谷机、晒垫、箩筐，都堆在厅堂，在厅堂吃饭的人压抑，你请个风水先生来，看看，是不是要另做一个大门。

风水先生是村里的猪头先生，第二天拿了一个罗盘，在房子里转来转去，又在房前的院子里走来走去，转了两碗茶的时间，对明清说：你大门对着前面那户人家的茅厕，不吉利，在院子前，再建一个假大门，侧身对灵山下的山坳，便吉利了。第二天，明清把院子围墙拆了半边，请来猪头先生照罗盘，下地脚，砌了石大门。又把厅堂里的家什，搬到阁楼上，洗了木板墙，洗了地，厅堂亮堂了起来。明清累了几天，心烦得饭也吃不下，他傻傻地坐在厅堂，一口接一口地烧旱烟，汗从脸上往下淌，苞谷粒般的汗珠滚到嘴唇，他抿进去。他从没想过，儿子怎么会得这样的病。

时间对于枫林人来说，有两种形式。心烦的人，过于操劳的人，是水库里的水，被一条堤坝拦在一个山坳峡谷了，怎么流，都是那么慢。而心乐的人，按节令过日子的人，对他们而言，时间是泄洪的水，轰隆隆，席卷而去。而冬天是同时到来的。

冬天，饶北河吹上来的风，比往日更凛冽，吹在脸上，针扎一般。灵山飘来的雪，说来便来，不给人征兆。雪在灵山下了一天，山梁白白地罩了一层光。第二天傍晚，麻雀叽叽喳喳，一直在屋檐下叫，扑腾着翅膀。风呜呜呜呜，从瓦楞灌下来，洪水一样。朦胧的天光，显得十分浑浊。雪粒叮叮当当。门前的樟树沙沙沙。石埠上，石板路上，铺满了炒米一样的雪粒。掌灯了，雪一团一团下来，从看不见的地方抛撒下来。

一夜的雪，整个田野白得四野茫茫。我们在田里，支起竹筛子，撒上谷粒，捕鸟。我们躲在田埂下，竹筛子用一根竹签支起来，竹签拴一根麻线，果鸽咕咕咕，从樟树上飞下来，飞一圈，落在雪地上，咕咕咕，钻进筛子吃谷粒。我们把手上的麻线用力拉，筛子把果鸽罩在里面。水柴站在他家的稻草垛下，看我们玩。我看见他穿一件破旧的棉袄，稻草绳扎了腰身，手抄进袖筒里，脚上是一双开裂的棉鞋，脚趾头乌黑黑地倔强地撑出来。我一下子怔住了。他缩在稻草垛下，那么小，瘦弱，头像个棕兜。那条叫美朵的狗，一直卧在他脚边。

可能，他是属于另一个世界的。那个世界只有一条狗。他怯弱地站在稻草垛下。稻草垛上，是厚厚的白雪。我一直没有忘记那双棉鞋，鞋头开裂，绑带拖在地上，鞋面露出黑黑的棉花。他两只脚分开，一前一后，棉花上沾着雪。一双脚，是由两只孤单的脚构成的。

香椿树发了淡红嫩叶。开春了。明清把儿子水柴送到了莲荷精神病医院。医生说：水柴有心理障碍，引起了精神疾病，还不算严重，好好医治，有治愈的可能。莲荷精神病医院，离枫林有一百多公里，倒两次车才能到，一趟来回要两天。明清和五妮商量了两天，决定送水柴去住院。

捡了衣物、日用品，装在一个大蛇纹袋里。明清一只手拉着水柴，一只手提着蛇纹袋。在马上等车。车，一天三趟，凌晨一趟，上午一趟，下午一趟。等的是上午车。水柴缩在父亲的胸前，两眼望着五妮。美朵在水柴身边，跳来跳去，摇摆着身子，嗯哦嗯哦，又舔脚踝又扯裤脚。水柴抱着美朵不放，泪水一根线挂了下来。五妮说：你把美朵带去吧，做一个伴。

明清半个月跑一趟医院，送些自己做的零食。在医院坐半天，说半天的话。水柴看着爸，要么点头，要么摇头，美朵亲昵地摇着尾巴。有时五妮也跟着去。

过了半年，明清又把儿子接回来了。不是儿子病好了，而是花费不起，每个月都得花三十来块钱，明清哪有这个能力呢？美朵回到枫林的时候，脖子上多了两个铃铛。水柴用花线搓成绳子编了一个绳环，套在狗狗脖子上。绳环里串了两个铃铛，狗狗走路，两个铃铛，轻轻地晃动，当当当。水柴每天都给狗狗洗澡，用竹篦一遍遍梳体毛。狗狗卧在大脚盆里，哈呼哈呼，轻轻喘气，耳朵竖起来。

明清每个月去医院领药，按时给儿子服用。他从车上下来，村里人就知道他去了医院：穿一双干净的解放鞋，背一个麻布包，包里塞了十二个馒头和一罐腌辣椒。这是他往返两天的口粮。

水柴不再流涎水了，眼神虽然有些呆滞，看一个人，不转眼也不眨眼，但有很多精光。精光就是人的精神气。明清看着儿子，心里很难受。水柴大部分时间在家里和一条狗说话，和一条狗逗来逗去，有时也到半边街上来，在这户门口站站，那户门口站站，在水坑边站站，在杂货店门口站站。美朵也跟着他，蹲在他身边，或追逐鸭子闹着玩。鸭子嘎嘎嘎，拍打翅膀，撇着脚，跳进水里。

有几个地方，明清不让水柴去玩：水库、马路、河边。他怕儿子掉进水里，或被车伤着。有一次，到天黑了，水柴还没回家，美朵也不见了，全家慌神了，找了全村都没找到，又提着松油灯，去水库，去河边找，还是没找到。到隔壁村找，也没找到。一个贩鸭子的人认识水柴，对明清说，看见水柴在下午四点多，上了去上饶的客车，在哪里下车，就不知道了。水柴都瘫软了，这个要死的，这么会跑，我到哪里去找呀，蹲在厅堂的石门槛上，抱着自己的头，哦哦哦，哦哦哦，失声恸哭。又责怪五妮，好好的，怎么连自己儿子也看不住。五妮抓自己头发扯，头往墙上撞，咚咚咚。

第二天，明清背一个麻布包，去了上饶市。找了一天，明清空手回来，一言不发坐在板凳上，抱着五妮。到了天亮，他喝了一碗粥，对五妮说，我们听天由命吧。又过了一天，水柴和美朵回到了家里。人是由陈坑坞舅公送回来的。原来水柴上了车，没钱买票，又被赶了下来。水柴带着美朵，沿水库走，过了水库，天黑了，他便顺道去了陈坑坞舅公家。舅公又捎不出口信，让他玩了两天。明清说：也好，知道去舅公家走走了，好，好，以后去哪里，要给爹说一声，爹陪你去，你看看，你妈都急死了。明清一只手拉着儿子，一只手给舅舅端凳子摆座。明清手心全是汗，拉着儿子的手，舍不得放。五妮烧了三碗汤面，汤面铺了荷包蛋，说：都几天见不着水柴了，怎么睡都睡不了。五妮又是一阵哭。美朵伸出两只前肢，趴在五妮身上，哦呢哦呢，亲昵地叫，还用脸蹭五妮后背。

我小学毕业，去了镇里读书。水柴已经有二十来岁了。他的哥哥都结婚了。

村里有一条唯一的半边街，街口有一家杂货店。店门口摆了两张康乐球桌，无事的时候，闲人打康乐球，两个人打，七八个人看。这是村人聚集的地方。水柴有时也来看，村人便逗他，说：水柴，你哥结婚了，要轮到你了。水柴嘿嘿嘿地笑。有人把手伸进他裤裆里，摸摸，说：泥鳅好大了，早都可以结婚了。水柴嘿嘿嘿，还是笑。有人打谜语，说给水柴听：“一个蒲袋，两个桃，一个棍子，一头摇。”水柴嘿嘿嘿地笑。

马路是通小镇的。马路两边有水渠，渠边有各种野花。渠边也有西瓜地、花生地。水柴常在这一带出没。他看见什么吃什么，黄瓜、西瓜、地瓜。村人见他，吼吼几声，赶鸟似的。他赤脚，赤膊，一条肥裆裤。美朵已经老得走不动路。他用一个绳子牵着它。

村里有了很多传言，说水柴喜欢爬窗户看女人洗澡，有一次还被人打了一顿，脸肿得像一块肥皂。也有人不以为然，说：水柴看女人洗澡，和一条狗看女人洗澡，有区别吗？有一次，我从镇中学回家，突然下起瓢泼的过山雨。我进路边凉亭躲雨。是初冬，云厚厚的，漫卷，开锅的沸水一样，在天上蒸腾。山密匝匝地挤在天边。我见水柴也在凉亭。我叫了两声：“水柴。水柴。”他穿袖口裂开的棉袄，穿一双破解放鞋，头发粘结在一起。他瞪着我，眼白翻出来。我夺路而逃。

我外出县城之后，便很少看见水柴了。有时几年也不见。

谁都不会在意有这么一个人。水柴的父母也过世好几年了。在我少年时期，村里有一个砖瓦厂。明清是出砖的窑工。他到砖窑出砖，赤膊穿棉袄，进窑炉，把红砖搬到推车上。窑炉还是处于中高温状态，人还没搬砖，全身汗湿，豆大的汗珠扑簌簌落下了，溅起窑灰。他一天要搬一万来块砖。这样的体力活，一个村子没几个人干得了，即使干得了，也不会去干，消耗的体能过大。他出半个小时砖，跑出来，坐在茅草棚下，喝两大碗水，抽一支烟，又进去继续出砖，进去，换一双手套。一双手套，仅仅半个小时，全磨破、烤焦。他老婆一天买两斤板油肉，熬油，给明清拌饭吃。我爸几次劝明清，不要这样做，人吃不消，铁打的人也受不了。明清说：没办法，没钱有身体也没用。

父母故，兄弟散。水柴便连住的屋舍都没了。只有屋后的一个柴铺属于他。

前日，我在菜场买菜。在菜场路口，我看见一个穿破秋装的人，身上背了一张草席和一件棉袄。草席和棉袄用一根绳子绑起来，斜拉着，背在身上。他的脚上穿了一双凉拖鞋。一双拖鞋，都是右脚鞋，一只灰色，一只蓝色，灰色的是泡沫鞋，蓝色的是塑料鞋。他站在一家早餐车前。早餐车上，白白的馒头正出笼，白蒸汽缕缕地冒。卖早餐的人，从钱盒里，给他一块钱，他不接，也不说话，眼睛直勾勾地盯着馒头。卖早餐的人，用很难听的话赶他走，他也不走。我认出了他。我走了过去，拉他走。我从小饮食店端来一条矮板凳给他坐，又给他买了一盘米粉。他边吃边看我。一条小黄狗，一直跟着他。他把米粉里的肉丝夹出来，给狗吃。他吃完米粉，看着我。我又去炒了一盘，加了五块钱的肉丝。他吧唧吧唧，一下子把米粉吃完。吃完了，用衣袖抹嘴巴。他的脸上全是尘垢，脖子和手全是黑垢。吃了肉丝的小黄狗，舔着他的脚背。我又买来矿泉水，给他。咕噜噜，他脖子一仰，一口气把水喝完。我说：水柴，你从哪里来？你怎么到市里来了呢？他望着我，一句话也没有。他的脸上，有了厚厚的皱纹。他有了他父亲一样的酒糟鼻。他是我孩童时期，最畏惧的人，畏惧他身上是否带了尖刀，畏惧他身边的黄狗，畏惧他翻出的眼白。他父母健在的时候，我每年过年前，都要去他家买年猪肉。他父母养的猪，是我吃过的猪肉中最好的猪肉，又鲜又嫩，吃不出肉渣，即嚼即化。他父母不吃排骨，不吃口条。我便全买了。他父亲，明清，背早早驼了，骡子一样驼了。顺便地，我还买他家的葛粉和红薯粉丝。有时，水柴在家，蹲在门槛前的石台阶上，手抄进袖筒里，抱在膝盖上。水柴是一个不说话的人。有时，水柴不在家，带着狗去巷子里玩了。他究竟得了什么病，无人知道，即使他父母，也不能说出子丑寅卯。他父母认命，说这是命的安排，也信佛，说是如来佛的安排，安排水柴在人世作游僧。可能水柴不认识我，看着我，像看一个从未见过的陌生人。我反复问他："你从哪里来的呢，怎么来的呢?"他嘿嘿地笑。我又问："你去哪里？要回家吗?"他还是嘿嘿地笑。

这个世界，每一个人，都是他的陌生人。或许是这样的。

穿城而过

在老火车站，吃夜宵，我一直坐着，没动筷子。几个朋友打着赤膊，酣畅淋漓地喝啤酒。我从不用第四餐，也从不耽误三餐。我恪守定时定量的用餐原则。老火车站已废弃，四层的候车大楼已成游戏厅、歌厅和杂货仓库。一楼是洗头城，差不多有十几家，亮着粉红色的灯，年轻女子坐在门口，穿着短裙，弹着纸烟。

六年前，这里算是最繁华的地方，站前都是出租车，土特产和烟酒店遍布四周，有全市最好的酒店和会所。城市东扩，火车站移往丁家洲郊区，站前广场衍变为夜宵摊。摊位统一规划，用钢筋架支起红色帆布棚，棚外是菜架和煤气灶，客人坐在棚子里吆三喝四地喝酒。夜宵时间一般从夜晚九点半至凌晨四点。我几年难得出现在夜宵摊一次。国庆长假，外地朋友路过上饶，我们圈中几人，邀约在一起，请晚饭请唱歌，都不免筋疲力尽，但朋友兴致盎然，提议吃个夜宵再散。我爱玩，但确实怕长假，应酬比什么都累人。我们的车子刚停下来，各摊位主人纷纷放下手中的活儿来招呼："吃田螺，小河鱼，很时鲜，你看看，虾还是跳的。""哦，是傅菲呀，来来来，好多年没见啦。"一个穿红布围裙的女子走过来，说："这些年你去哪儿了？"我说："不好意思，外出讨饭，不敢和大家说。"我招呼大家坐下，把老板娘做介绍，说，这是小榕，多年的朋友，也是以前的邻居。

各夜宵摊的菜品差不多，咸肉咸鱼、田螺、时鲜鱼虾、卤水口条或猪耳，应时蔬菜。一般是夫妻档，男的掌勺，女的上菜。以前，上饶市各个弄堂口，都摆夜宵，清汤饺子炒粉，小蒸包各式炒菜，胜利路口、灵山路口、水南街、白鸥园，都是大家爱去消夜的地方。具体是哪一年，我忘记了，市里实行夜宵摊整治、规范管理，把所有摊点集中在站前广场。

2000年之前，我曾居住在森林公园五年，在半山腰的密林里。在1996年夏天，院子里经常出现一个卷发抽烟的年轻女子，娇小端庄，皮肤细白，能说一口温软的粤语。之前我从没见过这个女子。院子只有十几户人家，每当吃饭时，大家都端着碗，坐在院子的椅子上，边吃边聊，这个女子也坐在桃树下的椅子上，捧一个大汤碗喝汤。

西南地区来了一个友人，在商务酒店请客，带了一个女子来，我见着眼熟，问："你住森林公园？"她说："是啊，我们住一个院子呢，我天天看见你摇晃一个皮包，从龙潭桥去上班呢，你走路弓着身，慢条斯理，像没啥事让你着急似的。"朋友是一家公司的总裁，二十八岁，在西南和华南有四家公司，从事高科技产业。我们叫他鸫鸟。鸫鸟中等身材，但肥胖，穿一条黑色的背带裤。席间，我才知道，这个女子叫小榕，是鸫鸟在上饶公司的行政文员。

我有些偏执，对抽烟的女子没什么好印象。尽管小榕是一个温文尔雅的人，说话声调柔曼，也有很广的视野。她涂淡淡的口红，胭脂色，唇线分明，眉宇开阔，眉毛黑密。水蓝色的连衣裙使她看起来多了几分摇曳。

山腰有一片灌木林，密密匝匝，是一些紫荆和黄杨。林下有一条二十米长的斜坡。坡上，是我的住所；坡下，是院子。小榕的家在院子的第一栋房子的三楼。这是一个半抱形的山坳，院子后面有一片墓地，墓地长满苦竹和黄茅草。墓地的右边是一条狭长的山谷，洼地里是连片的枫树林。风吹时，树叶哗哗哗，和溪流声相互交合。斜眼望去，翻飞的树叶在潮涌。

大概是那年秋季，霜降之后，枫树绯红，针叶杉落了一地叶子，成群的雀鸟在屋角的空地觅食，赶也赶不走。大院的门卫是一个六十多岁的老头。我们叫他吴师傅。他负责看守大院，还负责补鞋和灌煤气。吴师傅住在窄小的木板房里，门口四季挂着应急灯，一台十四英寸的黑白电视机从早到晚都把音量调到最大。天晴在山后开荒种菜，雨天在门口补鞋。补一双鞋收两元，有一段时间，还在院子摆早点，用一块木板和两口小锅烫粉，一块钱一碗，摆了不到两个月，就收摊了，又把自己种的蔬菜摆出来卖。一天早上，我去上班，他把我叫住了，从电视机边的木板上摸出一根烟，给我，说："小傅，你今天晚上去老章家吃饭，老章菜都买好了，你一定要来呀。""老章有什么事情，就直说嘛，吃饭就没必要。""老章是一家国企职工，下岗都快一年了，是不是想叫我介绍工作呢？"我想。"老章有一个女儿，师范毕业，在水南街一所小学教书，一年还不到呢，不会说要换单位吧。”我又想。因为我从事职业的关系，院子里的邻居有一些麻烦而我又力所能及的事，都喜欢找我。

邻居的饭都是不可推脱的。席上坐着老章夫妇，一名小学教师，还有小榕。我说：小榕你怎么在这里呢？她说：我是大女儿呀。我这才知道，小榕高中毕业之后，去了深圳，生活了六年。至于为什么回上饶，我不知。第二天晚上，我在洗衣服，吴师傅敲门进来，说：小傅呀，快成家吧，有家就有人洗衣服。我说：我怕成家，成了家还要给另一个人洗衣服。吴师傅第一次来我家。他说：昨晚看了怎么样？他脸窄，笑起来以至于整个眼睛都凸出来。我说：看什么，昨晚都在看书呀。他啧啧地咂舌头，说：小榕挺不错的。噢，我真是笨死啦。

冬天将近，山坳里的风是带刺的，蜀柏呼呼地叫。小榕吃过晚饭，会来我家小坐。聊她的总裁，聊她以前的深圳生活，聊股市。她善于言谈，烟也戒了，笑起来肆无忌惮。

事实上，一个人的来与去，都有些命运的暗示。我能猜想，小榕回上饶是逃避一个人。鸫鸟一般一个季度来一次上饶，叼个烟斗。他聊高科技，说五年以后是互联网时代，我们要尽快建立自己的信息高速公路。那时，啥是信息高速公路我都不知道。我一遍一遍地读比尔·盖茨的《未来之路》。我把我们每次的谈话记录整理，然后写成专栏。小榕也作陪，哪怕是深夜一点。她静静地坐在边上，负责添茶。

在上饶市，鸫鸟几乎是一个传奇式的人物。他十九岁大学毕业，留校任教。在1989年夏季，他和其他几个年轻教师被派往一个县城单位上班，他背起一个包裹坐上了南去的列车。那年他二十二岁。在老式火车站台上，他把以往的日记全部焚烧。他在向过去的自己告别。

再次出现在上饶市，是在四年之后的一次慈善活动上，他成了上饶市最大个人捐资的人物。在那两年，他的饭局都要排在三天之后，后面跟着一批人，同学、老同事、行政人员、部下、记者。而在重要的场合，我和小榕都必须是在身边的。他说话富有激情，手势有力，在胸前画弧形，做完一个手势，摸一下自己圆圆亮亮的鼻子，猛然吸一大口烟斗，张开嘴巴吐大烟圈。他对我说：“我的理想不会泯灭的，我要通过另一种形式实现，曲线完成。”他用大水杯喝水，差不多要半保温壶，一饮而尽。他喝啤酒始终是不会醉的，可以通宵达旦地喝。没人和他说话，他靠在椅子上呼呼大睡，喉管里像埋了发动机，突突突突，酒气和鼾声搅拌在一起。我知道他的理想是什么。但他始终不会明说。

或许我是一个过于敏感的人。尽管小榕和我有比较多的来往，但并没有建立起更进一步的友谊。一次，她来我家玩，带来很多水煮花生和两听奶粉，说晚上喝一杯牛奶有助于睡眠。不知怎么，我聊到了自己以前的感情生活。她趴在桌上呜呜呜地哭起来。我想抱她。我站了起来，但随即又坐了下来。我觉得我们之间有一条河流，是我不可以跨越的。我怔怔地发呆。我脚尖踩在烟头上，反反复复地挤压。在差不多以后的一年时间里，我都在深夜十二点以后回家。

穿城而过的信江，在四月带来溽热的湿气，从清晨的水面蒸发上来，缕缕绕绕，有迷蒙的氤氲。洋槐披垂，含笑沿着河堤卷涌一层白白的绒花。河滩的草坡完全泛青，渔人在竹筏上忙着张网收网。在1996年至2001年期间，我已几乎放弃自己的诗意般的梦想，投入到物质生活中。确实如此，生活需要自己逐步去认知，领悟——我们都必须在适合的土壤吐芽抽枝，哪儿的土壤松软根须就要扎往哪儿。

有一次在信江桥头，我看见小榕坐在一辆自行车后座上，抱着骑车男子的腰，脸贴在他背上。小榕给我介绍说，这是她男友，在一家制造企业上班。男子矮矮胖胖，墩实，握手时感觉他手掌宽厚，有力，粗糙。小榕的卷发变成了披肩长发。她说她在酒店工作，负责大客户营销。她的指甲涂了一层绿绿的油。

大概在1998年，鸫鸟回上饶的次数特别多，我预感到他的生意在走下坡路。一次他带我去看房子，说要着手投资一家会所。房子在一家宾馆后面，店租较为便宜。我提了反对意见。原因是门面在街上看不到，停车不方便，进门大厅太小，不适合建高档会所。进会所的人不在乎钱，只在乎便利。他说：地理因素可以不考虑，我们社会资源充沛，可以做好。我说：消费考虑人情因素不会超过三次，服务和便利还是第一的。会所开张三个月，便盘给他人做酒家。

那年冬，他家庭解体，第二年，在一次车祸中死里逃生。我再见到他时，是在相府路的小酒店吃饭。这是我一个朋友开的小饭馆，只能摆两张小桌。我一个同事说，早上看见鸫鸟，叫他一起来喝酒吧。他踮着脚尖走路，来到小饭馆我差不多快吃饱了。他打个赤膊，露出肥肥的圆肚子，滚圆的手端着酒瓶吹。我心里有些难过。我知道，他是一个衣装品位极高的人，即使在夏天，

穿城而过的信江，在四月带来溽热的湿气，从清晨的水面蒸发上来，缕缕绕绕，有迷蒙的氤氲。洋槐披垂，含笑沿着河堤卷涌一层白白的绒花。河滩的草坡完全泛青，渔人在竹筏上忙着张网收网。

都是西装领带或蝴蝶结，随时去赴宴的模样。我谈到他业务时，他挥挥手，说：只喝酒，不说不说。他又把啤酒瓶插进嘴巴。酒一直喝到深夜，他直呼过瘾，他说很久没这么痛快喝了。我是不喝酒的，一直陪他喝。回去的路上，他一直责问我："你要写东西，你不能不写。回答我。"我一路沉默。我有些激动，更多是悲怆。我抱着他的肩膀，紧紧地。成为他人很难，成为自己也很难。

人更多的时候，是被无形手推搡着走的。而当他能完全沉静下来，他的内心已经有了强大的气流。又有几人能如此呢？我搬出森林公园时，已经成婚。当我站在白鸥园六楼往下看，只觉得街道不是水泥浇筑，而是脚印堆叠的。密密的樟树下，是密密麻麻的人。我是其中一个，低头走路，计划一天的事项。一串串的脚印被风刮走。当年十四个年轻人同时进单位，我是最后一个完婚的。

在单位门口，有一家小酒馆，也经营快餐。我常看见一个六十多岁的阿姨，胖胖的，皮肤白净，围一条粉红色的围裙，抱一个小孩吃饭。她的老头有些秃顶，蹲在门口，有时吸烟有时吃饭，埋着头，筷子划动得特别快。有时我会去抱抱那个孩子。阿姨对小孩说："舅舅，邻居舅舅。"——她是小榕的妈妈。阿姨和她老头在一家企业做杂工，兼带小孩。小榕在一家成衣店做导购。她发胀得馒头一样，腰围加大，脸上多了许多雀斑，这是以前没有的。她穿一双布鞋。她还涂口红，微笑的时候，唇显得过于饱满。我上班时，都要经过她店门口。她穿职业装，站在门口，脸带笑意。她的眼睛有一种深蓝的色泽，让我感到，她被埋在一片汪洋之下。

结婚之后，我已很少外出应酬。2002 年至 2009 年，我只干三件事：买菜烧饭、钓鱼、码字。一个星期钓鱼两天，一天烧饭两餐。偶尔玩一次扑克牌。家庭生活把我从慌乱、繁杂、物质的日常中解救出来。我喜欢细碎、安静、不动声色的生活。2010 年 4 月，因为需要，我再次出发，去往安徽工作，与原来的很多朋友失去联系。我陆陆续续知道，鸫鸟所有的公司都已经关门，在市区经营一家土特产店。有一次在胜利路桥头，一辆破旧的本田突然停在我身边，走下来一个人，说：老傅，好多年没见啦，还在写东西吗？我惘然。他是鸫鸟，身体硕大，满嘴酒气，白衬衣的袖口有斑斑油迹，一只袖口绕在肘关节上，一只袖口耷拉下来，剃个大光头。我说：你以前发型多好，中分头，摩斯亮亮的，女孩子喜欢死了。他摸摸头，说：在西方，光头是具有讽刺意味的，看样子，你得读读西方哲学。边上有一家“信江茶楼”，一楼摆彩票机，我们进茶楼喝茶。他买了四十块钱彩票，说：每期都买，一次四十，买七年了。他的声音还是那么爽朗，脆亮，哗哗哗地泉水流过一样。我说：你喝什么茶。他直呼：“服务员，来两瓶啤酒。”他的眼睛凹陷在眼眶里，眉宇间的皱纹波浪一样浮荡。我不问他生活，只谈十多年前，我们相识时的那帮朋友，谁谁干什么了，谁谁升官啦，谁谁死了，谁谁消失啦。他只喝酒，不说话，仿佛我说的那些人他一个都不认识。两瓶酒喝完，他兀自开车走了，招呼也不打。我坐在沙发上发傻。他走出门时，扶着门框，步履有些踉跄，哗的一声。

上饶市在不断地扩大，不断地往外围发展。到处都是搅拌机，沙石水泥混进滚圆的钢球肚子里，搅拌出黏黏糊糊的浆液，铺路建房。沙石不再是沙石，水泥不再是水泥，而是一种僵硬的东西，筑起我们的城，粘贴我们的脸孔，安放我们的身子。那么冰凉。

这次长假，意外地在夜宵摊遇见小榕，我就约她，说：“请总裁一起来玩吧，大家聚聚。”她睁大眼睛，哑了半天才说：“什么总裁，哪个总裁？”我说：“鸩鸟啊，他不是吗？”“哦，你说他呀，他就在这边上开店呀，常来我这儿喝酒。”小榕说，“夜宵摊我开三年啦，哪有时间聚会啊，早上回家睡觉，下午买菜，小孩上学都没人管。”站前广场到处都是灰尘，棚子里处处都是笑闹声。隔壁棚子里，几个女子和几个男子摇色子喝酒，讲市井黄话。按摩店、歌厅，十二点后，一部分人流都往这儿来，红男绿女，搂腰搭背，女的嘴里叼烟，男的手拿坤包。三轮车夫紧挨着夜宵摊，靠在座椅上打盹，双脚架在车龙头上。“全良液”“送子医院”“湖畔别墅”巨幅广告牌，耸立在旧日的火车站楼顶。

第三天晚上，我、鸩鸟、小榕、斗鸡眼，在湘菜馆聚餐。我约另外几个人，都是当年围在鸩鸟身边的人，都没来，有的陪朋友，有的打牌走不开，有的哈哈哈几声不说原因。吃了饭，我说：去唱唱歌吧，小榕的粤语歌太好听了，当年我差点入迷了。小榕说：省省吧，别让我失眠。

旅馆

旅馆，让人想起古代的馆驿、急迫而过的马匹、灯笼摇曳的酒肆、荒没的古道、缓缓而行的马车、江南远道而来的赶考书生、宽阔的麻石码头。馆，供宿膳，也供游览眺望。旅，寄居外地的意思。

旅馆，是我们另外一个寄居身体的地方。它有庄严敞亮的大门、华丽的大堂、灿然高挂的吊灯、古朴瑰玮的屏风。每一个房间，都是一个梦境的陈列室。没有哪个城市是没有旅馆的。旅馆把人划分成了等级，权贵住奢侈旅馆，底层人住小招待所。我们说：人人平等；佛说：众生平等。因为有太多的不平等，我们才安慰自己说人人平等。各个国家，依据自己的评定标准，把酒店分为五星等级，最高等级为五星级，评选等级的划分以酒店的建筑、装饰、设施设备和管理、服务水平为依据，等级越高，消费越昂贵，也越奢华。五星级已不相配现在高级酒店的奢华程度，有了六星级、七星级。二十一世纪，全球有四家七星级旅馆，分别是迪拜的帆船酒店、巴基斯坦首都的半人马座酒店、澳门新葡京酒店、广东的奥维斯度假酒店。酒店已经不仅仅是旅途休息的地方，它表达的，不仅仅是睡好、吃好、有一个安暖的房间、有一桌可口的饭菜，而且是一种生活方式——脱离暂时的生活羁绊，去掉生活中带有超重的部分，或放浪形骸，或闭门沉睡。当然，也是思想或生活糜烂的温床。

上饶还没有五星级宾馆，四星级宾馆倒有几家。前几年，有一家房产开发公司在开发城东时，广告中有建五星级宾馆的介绍，还把设计图公告出来，到现在也没建，只是把此作为卖房子的噱头。上饶最好的宾馆是龙潭湖宾馆，倒不是说它设施和服务水平比别的宾馆有更高的档次，而是它毗邻占地十几公顷的龙潭湖公园。龙潭湖公园是唯一以湖为中心扩建的园林式公园，每天早晨和傍晚，都有几千人沿湖散步或跑步。在春天，孩子也去放风筝，拽着线头，风筝飘飘摇摇。事实上，各个城市的酒店业，都是有自己明确定位的，各个酒店也有自己明确的定位，有旅游酒店，有商务酒店，有接待酒店，有娱乐酒店，有休闲酒店，所服务的项目和内容也不一样。

客栈野店、邮亭驿馆，这是古人投宿的地方。进京赶考的举子、贩夫走卒、茶商盐商布商、驮货马夫、运货船夫，一地住一夜，都是按时间和路途的节点来选定的——在码头，在换马喂马地，在货物集散地，在人流交汇地。投宿地就是旅途的憩所，而旅馆，是我们另一个随时搬动的躯壳。它始终像一个山洞，把我们容纳进去，给我们私密性的相对隐蔽的领地，气味交织但彼此陌生。旅馆，我们住得再久，也不可能成为家，是因为旅馆始终不具备温度感，没有肌肤感。谁能离开旅馆呢？只要这个人出门，坐上车，就会想：今夜住哪个旅馆呢？这是我们在短暂路途上的一个设问。把自己的肉身在家之外的地方，做一个临时的安置，事实上是一件颇费周折的事情。旅馆的档次、价位、服务、环境，都是投宿人关心的要素。当然，食与宿，是我们最基本的肉身安置需求。旅馆还有更多的外延：麻将，桑拿，游泳，足浴，按摩，唱歌，展览，物购，游园，等等。

大部分人住酒店，都是旅途的需要。而有一些人，酒店已经成了他的躯壳。我有几个朋友，都是把酒店当作他们身体延伸物的。一个是邻居，在京都、欣凯皇冠、和平国际，常年包房，出差回家，他也要到宾馆先住一夜再回家。他喜欢热闹，而宾馆恰好满足了他。一个是村主任，他每天要去歌厅唱歌，开个车子走四十华里到城里，唱完歌回宾馆睡觉，没钱，他借五分息的钱也去唱，唱了三年，欠了两屁股，今年潜逃了。另一个是小包工头，每天都要去宾馆赌博，打麻将、推二八杠、打窝龙，不去赌一场他是不会上床的。再有一个是做建筑工程的，他的生活是火车—宾馆—飞机—宾馆，他奢侈的生活就是在家住一夜。他说，住宾馆的人是离自己最远的人，也是离别人最远的人，像房间里的灰尘，用手拍打一下被子，灰尘就飘浮起来。

已经记不清我最早住宾馆是在几岁，住过哪些宾馆，在哪个宾馆和哪个人一起住过。——我突然觉得，人是最经不起推敲的，细细一追问，发觉自己每走过的路，每一段经历，每一个偶遇的人，在记忆里留下的痕迹像一抹炭灰，经年的风吹吹，便没了影迹。在他（或她）人心际，我也是如此一般的。

前几天，有外地客人来，住在欣凯皇冠。我们上电梯时，有一个女人也同上楼层。她戴一条围巾，灰褐色的，围巾裹着脸，似乎很冷。我朋友搭讪，说：围巾纯羊毛的，很漂亮。我说：上饶买的，是广东来的客人。她撩起头发，说：你怎么知道我是广东来的。我笑了一下，没作声。她没穿棉袄或羽绒袄，只戴围巾，显然是来自温热地区，怕冷，临时添了围巾。另一个我北京的朋友说：我住六一〇房，你住哪个房？那女的笑笑。出了电梯，北京的朋友一直跟她到房门，说：哦，原来是邻居。到了房间，北京朋友抽了一根烟，拿起宾馆电话，打到她房间："我就是刚才在电梯里那个人，我们一起吃晚饭好不好。……你已经约了人吃饭啦？那我九点钟给你电话。……约你没什么事，就想和你聊聊。……要不晚上一起去唱歌？哦，不喜欢唱歌，那楼下有一间咖啡馆。我们喝两杯？……你要那么晚回来？那我等到十二点再给你电话。……第一次认识有心理障碍吗？我就喜欢第一次认识的感觉。……"我们在边上窃笑他。他说：约不到和约得到都没什么，就喜欢约的感觉，心里特别舒服，多好呀，第一次到一个城市，给一个陌生女人打电话，还真有急迫和心动呢。旅馆在意外之间，成了男男女女邂逅、调情的道具，像个魔术师的舞台。舞台里有红手帕，有剪刀，有鸽子，有突然出现的婀娜女人，有酒瓶里冒出的白色烟雾，有玻璃桌，有玫瑰花。在现今，宾馆扮演了什么样的角色，很难有一个词去界定它，也没办法判定这个词是褒义还是贬义。——也许相当于一个人的隐私，或者说是隐私的城堡吧。在革命年代，宾馆是异士刺杀人的好地方；现在是进行交易的好地方。人前不好说的话，到宾馆去说；人前不好做的事，到宾馆去做；人前不好训斥的人，到宾馆去训斥。

一个朋友对我说："我最讨厌宾馆，我所做的工作就是每天接待客人，在宾馆里交易，吃饭喝酒唱歌苟合嫖娼，都是工作。"

街道是盘结的小肠，是城市消化系统最长最缠绕的部分，也是裸露的部分：把人裸露出来，把灰暗的天空裸露出来，把白昼裸露出来，把距离裸露出来。有了集市，就有了铺面，便有了街道。街道织成了一张网，我们是网上的黏附物，像蜘蛛网上的蚊蝇虫蛾。在 1994 年，我来上饶市区工作时，只有零星稀疏的几条街道：城南的水南街、书院路、丰溪路，主城区的沿江路、信江路、赣东北大道、中山路、五三大道、胜利路、庆丰路、解放路。1990 年代修建城北，有了带湖路，又陆续修建了凤凰大道、紫阳大道、外环路、叶挺大道、广信路、志敏大道、三江大道、钟灵大道、茶圣路，有了城市的气派和规模，看起来像个现代都市。街道是城市平面空间的网绳，相互交叉扭结，相互通达——街道是没有尽头的，有尽头的街道叫断头街，做人做事皆绝后路的人才修断头街。而每条街道都有旅馆，旅馆是道路上的驿站。

我单身一人在市区生活了六年，双休日没地方可去，一个人去电影院看电影，电影票白天两块，晚上五块，通宵十块。电影院在信江桥头，和我单位毗邻，无聊的时候，白天看，晚上看，还看通宵。我不是多喜爱看电影，而是喜爱那种气息，密闭的，略带潮湿的，一个人感受寂寞的气息。电影散场，人从门口涌出来，三三两两，有的落寞，有的伤感，有的激愤，有的还沉浸在电影中的某个情境里，从大街散去。事实上，每一个人的青春，与电影院是极其相关的。电影院是青春的教堂，我们在教堂里倾听钟声，或去晚祈。电影院设在旅馆的二楼。让我觉得，这家旅馆有了别样的味道，充满了青年的回忆和青涩。

旅馆是容易衰老的。它是异乡里冷却了的一个火盆。我们的手抚摸过去，满是灰烬，凉凉的，但曾经的温度似乎还在。折叠的路途蛇一样蜷曲在火盆里。我们静静坐在东隅，晨光斜斜从桑林照过来，吹拂我们苍莽的脸孔，埋在灰烬里的木炭会慢慢燃烧，赤赭的炭火渐渐晃动，跳跃，我们的眼睛开始迷糊——山梁沉没在地平线，峡谷的河流在奔泻，黄昏的视野收缩在一块发亮的圆饼上……

当然，我理想中的旅馆是修建在山顶上，在山顶湖泊边。山顶，是我们伸手触摸星辰的地方。山顶，是我们浮在云雾之上的地方。湖泊是苍穹的降落伞，把整个天幕降落下来，披在我们身上。我常常把投宿这样的旅馆，视作对自然教堂的投奔。

虚线

白墙黛瓦，将落的夕阳勾嵌在思溪。秋收后的田畴有干燥气味，山冈萧瑟淡黄。村民在栽种冬季的蔬菜，三两孩童在停车场玩陀螺。几个妇女肩上扛着蛇纹袋，从山坡小路弯进溪边的小巷。我看看村口的枫树，低声自语，霜降了，正是采摘油茶的好时候。村妇正摘油茶籽回家。几个人在村头屋角、巷子弄口摆着各种姿势拍照。婺源是古徽州的一部分，因处山区，交通不便，徽州古文化完整地保存了下来。2012 年 3 月 25 日，我从安庆拜望在婺源采风的“三名楼笔会”的作家们。我问婺源县文化馆洪馆长：“现在婺源写东西的人多吗？”洪兄是散文家，和我相识也快二十年了，他对婺源山水人物，像对自己的皮肤一样熟知。他摇摇头，说，胡锵和龙安还在写诗，其他的人都讨生活去了。

1995 年，我在报社任副刊编辑，一个月会收到一期《野山茶》民刊，以刊发婺源诗歌为主。民刊是一张四开印刷体小报，固定的作者有七八人，是金宇迅发起组织的。我每期都会一字不落地读完。日常编辑副刊作品或诗歌专辑我会从中选稿，也尽可能地多选发一些作者，让大家露露脸。《野山茶》中有特别好的诗歌，我也会给外地诗歌杂志编辑友人介绍。在那个时候，上饶市有诗歌群，涌现了一批以汪峰、紫薇为代表的实力派诗人，我也是日以继夜地写作。每隔一段时间，诗人们会来我这儿小聚。有一次紫薇兄来度暑假，萧穷也来了，住在我的单身宿舍。宿舍在棺材坞，是单位的家属区，在信江边的一个树林茂密的山坳里。枫树、柏树、乌桕、樟树，密密匝匝地把山坞覆盖，鹧鸪和山雀在黄昏时分咕咕咕唧唧唧，甚是喧闹，喧闹中有一份恬淡幽灵一般的寂静。我的宿舍只有两张床、一床被子、一张小桌、一张写字桌、一个书架、四条凳子、一套茶具、一个热水壶。我的招待是开水、香烟和诗歌，吃饭则是在状元楼酒店。我们沿着信江下游漫步到酒店，一直吃到服务员下班时间到了，才折身返回。我们所讨论的都是诗歌，江西诗坛，全国诗坛，我们都是不可一世的口气，仿佛自己即将成为流传千古的诗人。

紫薇和萧穷都是酒徒。萧穷点着烟，又不吸，别人说话的时候，他马上把手举起来，制止，说："紫薇，你听我说。我们要寻找时代的特征，时代的特征是什么？谁写出来了，谁就是大诗人。"顿了顿，又说："我说到哪儿了？你指正，你是教授。"紫薇话儿刚起了头儿，萧穷拍打自己的脸，说："烟怎么没点上呢。"萧穷把烟灰弹到茶杯里，仰起脖子，把杯里的水咕噜咕噜一饮而尽，说："水是好水，只是没酒精度。"谈到酣畅处，我就提议紫薇朗诵他的《无马骑士——献给最后的情人》。他站起来，嘿嘿笑两声，朗诵起来。他的声音沙哑浑厚，像噗噗冒气的啤酒。棺材坞地处郊区，连个路灯也没有，只有嘶嘶嘶的水声在树丛中流淌，仿佛留声机在暗夜兀自转动。我走了一华里，到了市委党校，买几个菜提两袋啤酒回宿舍，给他们做消夜。似乎我们有说不完的诗歌，口水四溅，激情澎湃。一个星期之后，他们走了。临走时，萧穷说："可惜了，玩了这么多天，没见一个女孩子。"我到酒店结账，老板是欣如，叼着烟斗，挤出酒后的斗鸡眼，说："八千多，刚好两年的工资。"过了两天，汪峰来电话："快来呀，紫薇和萧穷在我这儿。"我又赶上最后一趟去永平的班车，贴着黏稠的夜色，沿着信江滑去。一双翅膀慢慢张开，张开，星光拉近了我与苍穹的距离。

每天下午，我都会把厚厚的信件交到邮差手上。那是给基层作者的回信。写这些信，我需要一个午休时间。退回去的稿件，有红笔修改，更多的是鼓舞勉励。还有一些偏僻的作者，我会定期邮寄方格稿纸给他们，有时也邮寄一些刊物和报纸。《野山茶》聚集起来的作者，是我复信比较多的群体。但我们没有见过面。尽可能地不和作者见面，是我恪守的工作原则。但远在山区的一群，我很想见。有一年，在罗桥召开了上饶市"谷雨诗会"，我作为组织者和联络人，邀请了金宇迅。他个头不高，比较结实，穿一套白衣白裤。因人员多，我们并没有更多的交流，只问了与他一起写诗的同仁的生存状况，得知大多数作者生活在底层，境遇艰难。

每年，金宇迅会给我写几封信，也附带几首诗歌。他说他下岗了，骑三轮车谋生。他的字圆润，宽阔，雅致。

大概是在1998夏天，我去婺源采风，住在中日友好宾馆。用了晚饭，我去找金宇迅。他没有电话，我只记得通信地址是南门街。那时婺源还是闭塞的山区，到处都是黄土路，旅游还没兴起，街上人迹稀落。南门街临近星江，柳岸残月，风吹婀娜，从麻石的埠头拐上去，一条油滑的石板街逼仄。我挨家挨户地问："请问金宇迅住哪儿？"蒙蒙细雨游丝般滑落，石板上耸起绒绒雨珠。这是一条古街，狭长的房子一栋紧挨一栋，没有路灯，从民房厅堂投射出来的灯光显得灰蒙蒙。街坊有的蹲在门槛上吃饭，有的坐在屋檐下的椅子上喝茶，几个小孩推铁圈。问了整条街，都没问出。返身回来，走到一半，问一个扫地的大姐，我向她描述了金宇迅的长相，大姐才恍然大悟，说："就住我家，不过他通常很晚回来。"大姐讲不来普通话，用软软的当地方言说话，幸好我能一知半解，猜出大姐所要表达的意思。我留了字条，大意是明天晚饭后再来。

第二天，我把老城区走了一圈，再去南门街，已是夜如黑墨，石板路走起来有哒哒哒的回声，街坊都已关门。金宇迅在门口等我。进了一个青石门框的大门，转过一个小院落，上了一个木头搭建的房子的二楼，金宇迅打开门锁，木门重重地撞在木质器具上，咣当——"不好意思，我找找电线开关。"金宇迅说。摸摸索索地把灯拉开，我看见门槛差不多有半米高，要高高地抬脚才能跨进去。房间有一张破旧的八仙桌、一张床、一架自行车，人只能站着，没空间坐。金宇迅把自行车扛到楼道走廊上，从八仙桌底下抽出两条长板凳，说："不好意思，昨晚让你扑空了。"房东端来两碗热茶，甚是热情。我不记得那晚我们聊了一些什么，坐了一会儿，我说："带我去看看单国武吧。"在婺源的诗歌作者里，金宇迅、毕伟生、胡锵、单国武，都是比较有扎实功

蒙蒙细雨游丝般滑落，石板上耸起绒绒雨珠。这是一条古街，狭长的房子一栋紧挨一栋，没有路灯，从民房厅堂投射出来的灯光显得灰蒙蒙。

底的。到了桥头的茶厂，金宇迅喊：“单国武，单国武！”从一个平房的二楼里，走出一个打赤膊的人，说：“我值班，都快睡了。”记得单国武穿一件黑色衣服，空空的衣囊，显得人很瘦，个头不高。他一直说，茶厂业务不好，要改制，不知以后干什么。我们一直站在茶厂的小院子里闲聊。院子四方形，有高大的洋槐，可以看见星江泛着微弱星光的河面。

1997年秋季之后，我从事经营工作，调离副刊，和一些作者再也没有往来，但全市几个重要的作者，会有书信或电话的联系。一个远离文化中心的僻壤之地，要产生一个优秀的写作者，不仅需要内心呼呼作响的发动机，还需要外部的鼓风机。我每年四月或五月，利用个人的资源，开笔会，请外面的编辑来，和本土作者见面，以此增加对上饶文学的了解，也把优秀作者聚集起来，彼此抱团。2000年，市作协主席周晓霞争取到一笔财政经费，编辑上饶文学丛书，我是诗歌卷的编辑。我找了许多人才找到金宇迅。他用白纸抄录了几首诗歌，写了一封很长的信。大意是，他在杭州一家酒店做厨师，仍然在写，只是量很少，还未婚。他信的末尾说：“你不要回信了，即使回了，我也不一定能收到。工作不是很稳定，经常换地方。”

事实上，从1998至2001年，我几乎停笔。我怀疑人文工作者在这个社会中的价值，也怀疑个人的价值观是否正确。身边的诗友一夜被风吹散。萧穷从1996年开始，对诗歌的热爱仅仅停留在酒杯上。紫薇去了温州大学当教授。汪峰骑一辆自行车，挎一个摄影包，在铅山大地漫游。他一个村寨一个村寨地走，像一条毛毛虫要爬遍一棵树上的每一根枝丫。这是另一种隐居，像河流隐没在大地深处。我则跑遍了广东南部，一年出去游玩一次，一次三个月，直到钱袋空了才回来。内心有一种荒凉，没有什么事情值得自己忧虑和感兴趣，有时一个人躺在床上，三天也不会下床，浑浑噩噩睡去，浑浑噩噩醒来，又浑浑噩噩睡去。

1999 年春季，雨季特别长，暴雨连连，单身宿舍的墙体开裂，雨水把书架上的近千本书淋湿。我躺在床上，看着雨水顺着墙体漫延，一行两行三行，扭曲着下滑，渗透进书里。雨水渗透了一整夜，我看了一整夜。一个月后，书干了，一页一页粘起来，毛边翘卷。我把书抱到院子里，放在木柴上烧。我站在火边，看火的舌尖贪婪地舔着纸张。风把纸灰吹得高高，飘到树梢上，飘到满是荒草的坟茔上，飘到我脸颊上。这是我参加工作十年唯一的积攒，一本一本地从书店里淘宝，一夜一夜地翻阅。川端康成、屠格涅夫、博尔赫斯、叶芝、普希金、巴金、贾平凹、沈从文、莫言、海子……我曾经那么热爱他们，以为他们就是我血液的红细胞白细胞，以为他们就是我肺部的氧离子——但是，你可能不知道，我已经被一只无形的手掏空，像一个气球，随风飘移，不知什么时候砰砰爆裂。

2000 年夏天，我认识了一年后成为我妻子的女人，才结束了梦魇一样的生活，回到正轨。我早上买菜，烧好早餐，洗菜切菜，看一会儿电视，烧中饭，饭后午睡，出去玩扑克牌，5 点半结束，回家烧饭，饭后看电视，上床，双休日约大毛去钓鱼。我毫无埋怨，反而乐此不疲。小孩出生后，多了洗尿布，喂食等事项。是的，我一直不知道，是什么吞噬了我。是时代的齿轮，还是生活的搅拌机，抑或是个体的异化？在学生时代，我就向往做一个有特质的人，保持心灵的洁净，事实上，生活的污水夹带厚厚的泥垢，一层一层地把人淹没覆盖。我们奋力露出水面的，只是一朵小小的莲花。也差不多在那几年的时间里，我患上了严重的失眠症，有时通宵难眠，一个人站在窗前发呆，直至天边泛出鱼肚白，云霞逐渐转红，广宇澄明，又一天到来。我手足无措。

2001 年 8 月，我随凤凰卫视“寻找远去的家园”摄制组，拍摄婺源专题片，拍摄人赵力群，外景主持杜宪。我在婺源待了四天。我去南门街找了胡锵，胡锵不在，到茶厂找单国武，已“查无此人”。见了毕伟生，毕伟生务农，脸膛黝黑，有着婺源人特有的憨厚和质朴。之前就认识他，他还来上饶找过我，当时我正处于热恋之中，没有热情陪他，只是请他吃稀饭。一块葱油饼，他转着饼边吃，大口地包进去，三下五除二干完。想想，我有些懊悔。在婺源新区的一条偏僻街道上，我们见面，像两个地下党员在接头。

傍晚时分，他穿短袖衫，一双胶鞋沾满黄泥巴。我问：“笔名龙安，你是处江湖之远忧庙堂之高。”他呵呵呵地笑，满口白牙，说：“是庞培给我取的，我是庞培的关门弟子。”几年之后，庞培通过毕伟生赠送我一本笔记体散文集《帕米尔花》。《野山茶》民刊办了一年多，我再也没看见过。当年出现在上面的名字，我大多已忘记。回到上饶，半个月后，我看到新华社发的消息：9 月 2 日中午十二点二十五左右，香港凤凰卫视中文台副台长赵力群在温州市永嘉境内驾驶一架航拍小型飞机时，碰上高压电线，机毁人亡。飞机坠毁在温州市永嘉县黄南乡大岱村的二水潭中。

婺源，是我游玩次数最多的地方。从 1998 年开始，我几乎每年都去，有时约上好友，有时一人。停留最长时间是一个星期，陪张鸿姐和朱燕玲姐，在 2008 年 11 月初。去的时间，一般选择在谷雨前半个月或深秋。婺源的深秋层林尽染，空气有草木灰的味道。我去僻远的乡村，游客稀落，炊烟与暮气融为一体。去过次数最多的村子，是汪口，不少于十五次。有一次，我坐在汪口的埠头上，把脚浸在水里，坐了一个下午，看永川河绕村呈半月形，倒映着蓝天，静默而去。这车子绕着永川河依着富有弹性曲线的山形，又一次抵达汪口，我默默地把眼睛贴在窗口。

野山茶，一种山茶科灌木或乔木植物，盘踞在高山之中，在夹杂的灌木林里，在荒草甸里，在峡谷沟边，在农家断墙上，肢体清瘦刚劲，叶片宽阔肥厚，是自然界的颜真卿体。在秋天，霜一日比一日厚，露水结冰，它从身体里抽出白色或米黄色的花，金色的花蕊有透明的蜂蜜。大雪来临，寂寞凋敝。在婺源，满山遍野都是这样的植物，是被人遗忘的植物。我终究再也没有和金宇迅他们联系。每一个人都像一片山地，暴雨之后，体内的水土会自然流失一部分。

汪峰、紫薇、萧穷、徐勇，我们坐在一起吃饭聊天，已经是十三年之前的事情。汪峰去了大凉山，已多年。即使坐下来，我们都不会去谈论诗歌，就像不会去谈论初恋情人一样。不知道你是怎么想的，我已经不会轻易感动。可在无意之中，触碰到某一些事物时，埋在内心深处的琴弦也会嗡嗡作响。比如，前几天无意之中看到胡锵的博客，他还在写诗，诗句像满弓射出的箭，击中心房。事实上，我并没见过他，只知道他生活在轮椅上。生活的淤泥并没有完全覆盖他。是的，我们都是路边的野草，被车轮轧，被脚践踏，被火烧，看似死去，一场细雨之后，又复活。我历经了很多的挫败，在想要放弃对生活的抗衡时，内心有一种竹笋破土的声音在生长：活着，不要像从未活过一样。

2010 年 4 月，我背着故乡的水井，到长江中游的一个小城生活。秋季时分，江风呼啦啦地横扫而过。我习惯了凌晨六点起床、晚上十二点入睡的生活。早晨，喝一个小时的开水；午休，在办公室闭目养神；晚饭后，在广场散步半小时。我像一个老年人。我也很少外出应酬，没有关系的人无须认识，有关系的人也无须日日相陪。生活的世界不要太大，删繁就简。

10 月 3 日，汪峰从大凉山回来，我们在月兔春酒店小聚。他背一个摄影包，酒量小了很多。厚嘴唇，大鼻子，眼镜底下有一双锐利又阴郁双眼的汪峰，头发稀疏了一些。酒下去，他不是在说话，而是话语从他唇间迸发出来，有力，洪亮，悬钟一般。我回家时，一个人走在五三大道，有些兴奋也有些沮丧。街道两边停满了小车，灯光炫目，熙熙攘攘。十五年前，我住在五三大道水果批发市场，晚上八点后都要摸黑走路。那时的郊区，有一种被遗弃的荒凉感。

火车从民房中间穿过，火车撕裂的风让人感到夜晚的恐惧。我就喜欢感受这种风，一阵阵吹打在脸上，有一种漂泊感。我每个夜晚都在一盏台灯下，在沙漠一般的白纸上，种植草皮，挖凿湖泊，堆垒山冈，搭建天空。水果批发市场早已不存在，取而代之的是一片繁华的住宅区。火车路改道，从罗桥拉直往灵溪。突然觉得这个城市很陌生，被一些相关或不相关的人与事带走了相熟的气味——汗渍、咳嗽声、打嗝声——我用了二十多年的时间，洗去鞋底下的泥土，而身上蒙了更多的灰尘。

年过四十，我已然明白，事实上，我们的生活，是以告别的方式进行的。

瓶子里的鱼

“你真会买菜，这几根苦瓜，这一把韭菜，羞嫩羞嫩。”我去小店买黄酒、白糖，老板娘说。菜一把把地分类放在菜篮子里。我提着菜篮子，站在她货架前。这个小杂货店，在菜场转向小区的西门口，我经常光顾，买盐、酱油、牙膏等。小店门前摆放了两张破烂的小桌，桌上堆着废纸盒、空塑料瓶。门店很小，三个小货架，一张旧办公桌，一张小方桌。货架上，都是一些日用品，如矿泉水、啤酒、烟、袋装瓜子、毛巾、低价白酒、调味品等。烟最高价格不超过二十元。毛巾价格不超过三元。老板娘通常坐在靠墙货架与旧办公桌之间。没零钱的时候，给她一张百元钞票，她连忙站起来，说：这么大张的。说完，她把手抄进裤兜里，摸，摸出一把钥匙，又坐下来，把桌子右边抽屉打开，点出找给我的零钱。老板娘偏瘦，鼻沟深深塌在两边，手指短，衣袖长，头发有些干黄，遮住了两边的肩膀。有一次，我带了一只乡下的白番鸭，去菜场找人杀鸭拔毛，问了好几个人，都不愿干。一个广丰卖菜的老太太，正收拾摊子，见我束手无策的样子，便说帮帮我。老太太来到我家，帮我杀鸭拔毛。第二天，老板娘问我杀鸭花了多少钱。我说：二十块，老太太人好，还执意不收呢。老板娘说：再有鸡鸭，我帮你杀。过了几天，我老母亲托我侄子送来了一只八月鸡，给我女儿吃。我女儿十四岁，老母亲说：骢骢吃了八月鸡，长身体。我提着鸡，给老板娘杀。我去菜场买完菜，她便把一只鸡料理干干净净了。我说：老板娘，你杀鸡这么快，可以开一个卖家禽铺，一天可以挣好几百块呢。

卖菜的人都认识我——我是唯一一个提竹篮子买菜的人。菜场不大，三分钟可以转一圈。买完菜，到小店买杂货。老板娘有一次问我："你家怎么不买米呢，吃什么呢？"我说："米太贵，吃不起，干脆不吃，吃菜算了。""那怎么可能？你家不吃米的？"老板娘说，"我还是第一次见到全家不吃米的人呢。"过了两天，我去店里买矿泉水，在门店里打牌的三个人异口同声问我："你家不吃米的？"我笑笑。我说："看看你们技术谁好。"他们在打三，一老年男一青年男一肥胖中年女。打三是上饶扑克牌的一种玩法，二打一，以"3"为固定主，"2"和"王"为常主，翻"3"为色主，捡分。每天，这张小方桌，有人打三五块钱一把。老板娘说："你别看，再开一桌，你也打。"我说："五块钱一把，太大了，我哪敢玩呀，五块钱可以买一斤螺蛳呢。"青年男，我常见，其他两人，不常见。青年男二十七八岁，眯眯眼，我穿短袖了，他还是穿一件灰色夹克。他每次抓牌，手在牌面停顿一下，手指骨拱起，伸直，狠狠地把牌抓上来。似乎每一张牌，都有他很高的冀望。似乎他对每一张牌，都有饱满的激情。抓完了牌，他把牌列成扇形，竖起来，他嘴巴里的庐山烟，正好碰到牌面，烟灰落得他满身。我发一圈烟，继续看。他拿起我的烟，看看烟屁股，夹在耳背。我是每天去买菜的，假如我没外出的话。有时我七点去，有时九点多去。每次去，我都看见这个眯眯眼。他要么坐在牌桌上，要么站在小店门口抽烟。他用指甲抠着烟纸，吸烟的时候，喉管瘪进去，吐烟的时候，喉管鼓起来，烟抽到海绵蒂了，扔在底下。黑皮鞋在烟蒂上，用力踩，转半圈。看了两圈牌，我提着菜篮子走了。

又有一次，老板娘帮我杀鸡。我买了半斤糯米、半斤豌豆、半斤板栗，焖鸡糯米饭吃。儿子安安喜欢吃。老板娘又问我："你家真的不吃米饭？那吃什么呢？"我说："你是执着的人。"她看看我，继续给鸡拔毛。正是暑期，老板娘两个孩子在院子里玩。我说："你儿子读小学了，那双脚，黑不溜秋，好像从水田里上来。"老板娘说："小孩哪管得了那么多呢。"又问我："你是干什么的，看你天天买好菜，你真是舍得吃，吃那么好。"我说："我是厨师，职业就是做吃的，这两年失业，就在家里做厨师。"她说："做厨师好，做厨师真好。"

这个小店，是年前才开的。在进菜场路口，也有一家小店卖日用品。路口小店是一对父子经营，父亲是六十多岁老头，负责从货架找货、取货，儿子三十多岁，戴眼镜，负责收银。儿子整天看手机视频，一个人靠在椅子上，有时看得哈哈大笑，让人莫名其妙。他找钱的时候，手在点钱，眼睛在看视频。他的杂货店临街，顾客也多，货物也多，种类也多。我也常光顾。老头儿媳负责烧饭，用饭盒提来。父子便坐在收银台上吃。店的侧边，有几家早餐店。店门口，是一个三十多岁的妇人，卖豆浆和馒头。

豆浆灌在开水瓶里，现磨的，分无糖和有糖。无糖，一块钱一小纸杯，有糖，一块五一小纸杯。馒头是早蒸好的，用白布盖着。我去买豆浆，自带一个保温壶去。我出门坐车，经过她摊位，她也会笑一下，表示彼此熟悉。我没入住这个小区之前，她便在这里卖豆浆了。我问她：一天能卖四百杯吗？她说：能卖两百杯就不错了。她穿白色的厨师围裙，嘴巴里啃着馒头，抱怨似的说，天天四点钟起床，卖这几杯豆浆，站这里要站四个多小时，腿都要站断了。她骑一辆脚踏三轮车，卖完了，把桌子、豆浆机、开水瓶，拉回家。去年暑假，她问我：你认识上饶中学校长吗？我说：我认识他，他不认识我。她笑起来，说：不可能，那个开铅山汤粉店的人说你认识。"汤粉店老板娘怎么知道我认识？"我说。"你可不可以帮我一个忙，我女儿初中毕业，考得不好，又想去上饶中学，我又不认识人，我一个卖豆浆的，哪认识他们呢？"她说，"我户口又不在这里，一中又进不去，下半年，我女儿去哪个学校读书都不知道。"我说：我是真不认识，不是推辞，你问问老公，他也会想想办法。卖豆浆的妇人，低下头，嚷着："他的事，别提了，除了扑克，什么都不认识。"

汤粉店，是铅山人开的，一家三口，儿子做厨师，妇人端碗洗碗，男人清理桌子，收钱。米粉烫得不好，吃的人也不多。我跟她儿子说了几次：你料太少，汤不入味，不要怕客人吃，可以加价，你看看电信局门口那家，吃的人排队，一碗粉卖十七八块，你也去吃一次，尝尝别人的。小伙子是个帅哥，戴顶白色厨师帽，性格温和。他说：我记住了，明天就去吃，改一改。一年过去了，还是一年前的汤粉。妇人嘴巴尖尖，嘴巴很厉害。她老

这个小店，是年前才开的。在进菜场路口，也有一家小店卖日用品。路口小店是一对父子经营，父亲是六十多岁老头，负责从货架找货、取货，儿子三十多岁，戴眼镜，负责收银。

叫我给她儿子介绍老婆，说：儿子都二十三了，还没对象。我说：我哪有这个本事，有的话，我也想找一个。安安喜欢吃她粉汤里的肉丝。我多给她三块钱，加肉。帅哥用一个铁勺，在汤里，搅动，捞肉丝，搅了几次，肉丝也捞不上来。我说：你别捞了，我看着就难过。妇人多话，粉店一般上午十点歇业。她便在院子里窜来窜去。这个菜场，原来就是一个旧厂区的院子，住户基本相熟，和我住的小区，一墙之隔。我吃了晚饭，也会下来溜达。卖菜油的，卖粉的，卖清汤的，卖熟菜的，聚在一盏路灯下，打牌，吹牛，喝茶。男男女女，天热的时候，男的打赤膊，女的穿吊带背心睡衣。我估计，这些人，原是纺织厂职工，后来改制，他们便自谋职业，在菜场营生。

也有周边村镇的人，挑担子来卖菜。都是自家种的，藕、黄瓜、丝瓜、苦瓜、白菜、辣椒、白玉豆。也有从大菜场批发来卖菜的。挑担来卖菜的，有时，也把家里的鸡鸭带来，鸡蛋鸭蛋带来，葛粉带来，梅干菜带来。金银花开了，采摘了，他们也带来。南瓜花、木槿花、蔷薇花，也常有。

菜场有一个市场管理员。这是我入住前就认识的人，也是我唯一认识的一个人。但我想不起他名字。二十年前，我常和他吃饭。他和我一个老哥是结拜兄弟，在一家油脂化工厂任厂长。后来，不知什么原因，大家都没任何来往了。在菜场，没看见他的话，我想，我的世界里，这个人和没存在过是一样的。反之亦然。我第一天去买菜，便看见他了。他穿一件蓝色的衬衫，脖子上挂一个哨子，哨带是红黄相间的布带。我没和他打招呼，蹲在地上挑辣椒。他两撇黑黑的胡子，声音粗哑，走路摇着身子。过了几天，他在汤粉店吃粉。我也在。我发了烟给他。我故作第一次见他的样子，问：老哥，好多年不见了，你现在去哪儿发财了？他提起哨子，摇摇，说：吹哨了，看菜场。我说：看菜场好，清闲。他说：你还在报社吗？什么时间好好聚聚。我说：我还在报社，只是不上班了，闲人一个。他说，大哥出殡，都没看到你。我说：大哥出殡，我在外地，都不知道。他说：大哥风光了几十年，死得那么凄凉，人没意思，想到人要死，便安心了，开开心心过生活。

早餐吃得我难过。我回到家，打开电脑，想写几行字，想想，还是把电脑关了。写字有意义吗？没有。这个社会，最不值钱的，就是文字，最被人轻视的，是写字人。我是不会寄望我的孩子去写文字的，宁愿去学木匠，也不要做一个写文字的人。文字，就是菜场里剥下来的菜叶，一把羊铲，铲进垃圾车，拉到垃圾场去。我看到微信群里，有些写文字的人，趾高气扬，我便感慨，认识自己所处的时代，是一件多么难的事啊，承认时代赋予写字人的难堪，是一件多么难的事啊。写几行字，不如实实在在做一餐佳肴来得重要。我去菜场买菜，便特别用心，选上好的食材，精心准备，用食物去犒劳自己。沉重的肉身，在没有腐烂之前，比任何佳作重要。这样想，我也安心了。

菜场一般在十一点便散了。摊铺空空，也随即被清洗。有几个菜卖不完的人，坐在一个雨棚里，剥豆的剥豆，刨皮的刨皮，菜分类摆在塑料皮上，一排排。也有到了很晚，还没卖完的人，坐在板凳上，看见路过的人，便仰起头，用方言问："买点菜吧，便宜，最后一点了。"过路的人，几乎不搭理，匆匆而过。

我发现，很晚还没卖完的人，通常是相同的两个人，一个四十多岁的男人，一个五十多岁的女人。男人有一张长脸，满脸胡碴，天天有剥不完的青豆。他架开双腿，低着头，剥豆，豆自然地落在一个不锈钢碗里。他不停下手，除非照顾客人。他剥豆快，大拇指指甲，像推土机一样，把豆肉从豆壳里铲出来。女人脸胖，头发剪得很短，半白半黑，穿一件和她身子完全不相称的宽大衣服。我有时会想，这个男人和这个女人，可能有一个和其他卖菜人不一样的家庭，每天必须要卖完多少菜，才回家，他们各自的家里，也许有重病的人，也许有年过三十还未娶亲的儿子，也许，每一斤菜，都是他们生活最繁重的作业。这样想，我便不在买他们菜的时候还价。那个二十年前的厂长，现在的市场管理员，在菜场歇业的时候，便赶几个继续卖菜的人走。嘟，嘟，嘟，他鼓起腮帮，吹着哨子。他还保持着原来任厂长时的风度，打领带，头发溜光，只是皮鞋有了菜场特有的黑泥浆。在早晨，村镇挑担来的人，还不熟悉这个市场，担子随便摆在路口，这个前厂长，使劲吹哨子，嘟嘟嘟嘟，吹哨子不管用，他撩起衣袖，把菜担子掀翻。

院子是敞开式的。卖低价衣物的，卖劣质碗具的，卖葡萄苹果的，卖草席的，突突突，开着三轮车来了，摆在地上。民营医院做义诊的，保险公司招员工的，民间融资机构融资的，也拉起横幅，挂起高音喇叭。发传单的，手上抱着一大摞，看见人，塞一张。发黄色露天演出票的，看见人，塞一张。卖蟑螂药的，站在榨油帐篷的门口，喊："蟑螂药，蟑螂药，杀死一切蟑螂，回收一只五块钱！"他的扩音器，嗞，嗞，嗞……新来的卖熟猪内脏的小伙子，在低头刷微信，蒸锅里水烧干了，他还不知道。卖橘子的驼子，拉个板车，吆喝：“十块钱三斤，三斤十块钱！”他不能再驼了，头已经到裤裆去了。一个躺在地上滑轮车的人在唱：“好一朵茉莉花，好一朵茉莉花，满园花草香也香不过它；奴有心采一朵戴，又怕来年不发芽——”一个老妇人在自言自语：“这个菜价，天天涨，该死的天，也不下雨，辣椒也要七块钱一斤，没天理。”蹲在小区铁门边的保安，正在打电话：“钱过两天打过去，你放心。你也要体谅我，这十几期六合彩，我一次也没中。晚上还要押的，明天一起打过去。放心好了，你还不相信我。”开杂货店的老板娘在喊：“打三的，快来，凑桌了。”

打牌的人，来了，十来个。杂货店只有两张桌子，一桌在饭厅，一桌在门店。上桌的人，开始点烟，抓牌。没上桌的人，抄着手，站在桌边看。看看这个人的牌，看看那个人的牌，脖子伸过来，又伸过去。眯眯眼，常常坐在墙壁边上，紧靠货架，牙齿咬着烟。看的人，看个三五圈，便散了。也有不散去的人，等其他人散了，端一条凳子，坐下来，手肘子撑在桌角，巴掌托着下巴，看两边的牌，另一只手，理顺捡起的分，5、10、K，理得平平整整。老板娘穿一套灯笼裙一样的睡衣，拖一双大拖鞋，站在门口，看见相熟的人，打招呼：“菜就买好了呀，来坐坐。”

我提着一个竹篮子回家，把菜洗净，分拣好，米泡在水里，打开电视，看电视剧，遥控器一直在按。一套《延安颂》，四套《五星红旗迎风飘扬》，八套《炮神》，安徽卫视《毒狼》，江苏卫视《飞哥大英雄》，湖南卫视《伪装者》，辽宁卫视《二炮手》，广西卫视《神枪》，浙江卫视《中国好声音》，山东卫视《飞虎队》。频道转了一圈，固定在少儿频道《熊出没》。我给一个朋友发了一条短信：每一个人的痛苦，都是有缘由的。回复：怎么啦？我回复：我们的痛苦在于没人知道我们痛苦，还以为我们很幸福，这是痛苦的根源。回复：你又发神经了，你吃穿不愁，痛苦什么？我靠在沙发上打瞌睡，迷迷糊糊，又来了电话，是一个老友的，问我：什么时间，我们去篁碧看看吧，那里有深山，适合隐居，我们去找一块地，看看能不能做房子。我哦哦两句，说：隐居之前，要赚很多钱，没钱，怎么隐居？想想，买了几条活鲫鱼，还养在菜池里，我又起身，找来一个大瓶子，灌满水，把鱼塞进去。瓶子有一个滚圆的长肚子，鲫鱼游来游去。瓶肚子不够大，鱼直不了身，鱼身成了半弧形。把瓶子摆在桌子上，我低下头，瞧瞧，鱼又变得很大。瓶子像个魔术师，把鱼变得不那么真实，有些虚幻。看着鱼，我一个人，傻子一样，咯咯咯地笑了起来。

一九九〇年代的玫瑰

饶祖明喝了点酒，说话不断重复：“我和徐鋆在1997年就认识，我怎么一点印象都没有？”徐鋆靠着窗子，外面冬日的阳光加深了他脸上的阴影，迟迟不舍得弹落长长的烟灰，看着我，说：“认识吗？不认识。”“当然认识啦，你和欣如开状元海鲜楼，祖明和国太到我这里玩，吃了十几天，天天在状元楼，你们都不记得啦。”我说：“难道我患了中年痴呆症，你们什么时候认识，我忘记了。”

“我记得的是在德兴，2002年还是2003年，我把小席都贡献出来了。”祖明说，“小席你记得吧？现在摆夜宵摊呢，纯粹的老妇女了。”

“把小席贡献出来，相当于贡献了一万块大洋。我记得她穿一件黑披风，短裙，长头发，皮肤白白的。”我斜眼看徐鋆，说，“祖明白费了一年多心思，看着咸鱼吃白饭，没用。”

“你不要这么阴险看我好不好。”徐鋆说。

“我们还到界田爬山啦。你是我唯一的偶像和师父。你问问祖明，你是我精神领袖，谁也代替不了。”我说。

“你去死吧。”徐鋆满足地笑了，翘起嘴巴，呵呵呵。

走出香格里拉酒店，已经深夜一点多了。这是2014年的冬天，风旋转着推搡着人，冷清的大街偶尔有一辆的士闪过，一团影子飞驰。我搓着手，站在空空荡荡的红绿灯十字路口，凤凰大道消失在灯光闪烁的尽头。

开状元楼时，祖明叫萧穷——除了诗歌写得好的人，他谁也看不起，不屑一顾。他留一头长头发，破裂的嘴唇还没愈合。徐鋆爱喝点酒，有时一个人，有时和欣如两个人，有时外加冬笋三个人，坐在状元楼靠窗的位子，客人散了，炒几个小菜，喝到街上寂寂无人。那时徐鋆在窗帘厂上班，租住在崭岭头，双休日，他妈妈带小外甥燕涛、妹妹徐莉来，烧几个好菜吃吃，滋补滋补。我也去。徐莉刚刚大学毕业，斯斯文文，戴一副眼镜。他妈妈个子不高，特别和蔼，叫谁都特别亲切。窗帘厂和我住的单位家属房只隔了一个小山坡。那是一个阴邪的地方，草木茂密，虫螯斑斑。在“文革”时期，上饶市很多知识分子选择这片山坡上吊。从刘家坞路口到长潭桥，短短三两百米，也是常常遭遇打劫的路段。我就住在中间路段的山坳里。我是一个胆子很小的人，那时却并不害怕，我几乎也是在晚上十一点之后回房间的人，一个人走路，手上摇一个钥匙挂，唱很难听的歌，三百六十五天唱同一首：

月亮走我也走，
我送阿哥到村口到村口，

阿哥去当边防军，

十里相送难分手难分手，

啊……

天上云追月地下风吹柳，

月亮月亮歇歇脚，

我俩话儿没说够没说够

……

路的斜坡下，就是信江。夜色中，江水泛起白黄色，米羹水的那种色泽，洋槐和槐柳阴暗的投影遮住了半个江面。我的房子是三室一厅，另有一个大厨房，前后是大院子。可我只铺了一张床和一个写字桌、一个书架。地上，桌上，床上，书架上，都是书。看三个小时的书，入睡。院子里有四棵高大的水杉，在初冬，杉针叶开始变得浅灰紫，转暗黄，直至枯黄，霜沉降下来，针叶落满一地，甚是美妙。我一边看书，一边倾听针叶簌簌落地之声。似乎我一直盼望冬季来临，清晨，杉丫挂着圆锥形的冰凌，蜘蛛冰封在里面，太阳出来，渐已部分融化的冰凌摔在地上，啪拉啪拉地响，碎碎地水晶一般散开。冰凌悬在丫上，阳光斜斜地看，五光十色。我来来回回地走在杉针叶上，嚓嚓嚓，松软。杉树下是石头砌成的矮墙，矮墙下，有几户人家。场院里，几只鸡鸭在蹒跚地晃来晃去。我站在院子里，从山梁上跑下来的风，呼呼地打转，我看看山梁，层林尽染，绯红或焦黄的枫树叶孤零零地挂在树梢，光秃秃的柿子树栖落着几只乌鸦，缩着身子，仿佛它们的到来是一种无法言说的宿命。

路的斜坡下，就是信江。夜色中，江水泛起白黄色，米甕水的那种色泽，洋槐和槐柳阴暗的投影遮住了半个江面。

从扶坡上伸出来的樟树枝，显得格外干硬枯瘦。树由于过于密集，没有哪一棵树粗壮，都是高而细，藤萝一般。天寒，夜间鸟叫声哇啊哇啊，有一种凄凉感，像丧偶的老人在叫唤人。我和徐鋆都是单身。徐鋆很少来我房子。其他人也甚少来。坡下有一个邻居，叫阿蓉，倒是常常叫我去她家玩。她那时刚刚从深圳回来，二十三四岁，说一口流利的广东白话。她涂艳艳的口红，偶尔也抽烟。她说话有温雅的鼻音，笑容灿烂。记得有一年端午节，她妈妈特意请我去她家吃饭，玩扑克游戏。每次，我去她家玩，她父母都借故离开。一次，看守门房的老余在我上班出门时，叫住我：小傅，我给你介绍一门亲事，你说好不好呀？我说：好呀，谁会看上我这个上无片瓦的人。老余说：阿蓉很不错的。我笑而不答。过了一个星期，我打电话给阿蓉，说：请你吃饭，给你介绍男朋友。她说：好呀。在清新咖啡厅前面的一家餐厅，我把刘啸叫去，一起吃饭。事实上，我并没给阿蓉介绍男朋友的意思，但也不方便把自己回绝老余的话说出口。夏天，她来过一次我房间，她喝得有些醉意，眼皮耷拉，脸颊晕开一层荡漾的绯霞。她一只手撑着额头，一只手伏在桌子上，看着我，一直不说话。我说了什么话，都记不得了，她恬恬地微笑，看我说。她唇际线分明，唇珠像峰峦，饱满，棱角有序。她披肩的长发时不时地垂下来，遮住半边脸庞，她拢上去又垂下来。我几次想站起身，抚摸她头发，但我想到她流利的广东白话，又坐了下来，或借故倒水冲茶。她在一家电脑公司上班，常年穿套裙，深红的、玫瑰红的、浅蓝的、浅灰的、乳白的。在徐鋆去深圳的那年秋天，她和一个工厂的拉货司机结了婚。

徐鋆去深圳之前，欣如先去了深圳，他们都只带了不多的路费和生活费。欣如去的第一站，是我介绍的一个厂家，生产热水器，他去做品牌推广，上班不到一个星期，就离职了。之后，他换了电话，除了他老婆之外，谁也联系不上他。他也在我的世界消失。徐鋆在深圳一家窗帘厂上了几个月的班，我说：还是到大厂家去吧，顺德有一家电厂商，在招人。徐鋆去了，很快成了职业经理人。他们去深圳，是要尽快地离开上饶，像火车，要尽快离开站，一路狂奔。事实上，他们前往他乡，我都没送行，甚至哪一天走的，我都不知道。

1997年，状元楼开了半年，就很难维持下去了。欣如整天垂头丧气。他四处筹钱，这里几百那里几千。但我当时并不知道，他也从不向我开口。他小孩刚出生不久，经常发烧。他四处出没，就是看不见人，每天到了深夜才回家。我抱着他女儿叶子去看医生。他老婆对我说：欣如可能去游戏机室赌博了，输了一万多了。他家住在胜利路背后的一间小居室里，我和徐鋆差不多中晚餐都在这里蹭饭吃。双休日，我们租来碟片，十几碟，东倒西歪地躺在沙发或地上看。有时也看毛片。我记得有几个片子，看了十几遍，如《纵横四海》《英雄本色》，连续剧《上海滩》《金瓶梅》《射雕英雄传》。欣如嗜酒，餐餐喝。他高兴也喝，不高兴也喝。有一次，他喝醉了回家，他老婆换了衣服出来，他人不见了。他老婆在整个市区的朋友家里找遍了，都没找到他。到了半夜回家，去卫生间，打开门，看见欣如倒在卫生间呼呼大睡。他喝啤酒，一餐两瓶或三瓶，不吃饭——他几乎不吃饭。倒酒的时候，他手指会有微微的颤抖。他手指比较长，夹烟，撑着脑袋，吸第一口，嘴巴张得大大，用力吸，烟在口腔里打转，吞下，再吐出来。喝着喝着，他斗鸡眼出来了，往中间挤。这时，我伸出手，夺了他酒瓶——他开始喝高了。遇上特别高兴的事，他老婆陪他喝——他老婆烧好菜，解下围裙，把两瓶全良液往桌上一搁，说：谁也别帮谁，一人喝一瓶。喝完了，两人吐着酒气，坐在地上，抱着头，相互取闹。闹着闹着，一个人去了卫生间，一个人上了床，都昏睡得不省人事。

那个时候坐车去横峰，要过信江到汪家园车站。欣如、徐鋆的老家都在横峰。假日或天气晴好的日子，我们一起去横峰玩。在港边，一条有弯道的斜坡下去，有一栋两层的楼房，是欣如家。斜坡两边有密密的柳树和洋槐。春天，洋槐长出细嫩的青芽，白白的绒毛沾附在芽尖上，柳树则有细细小骨朵，吹来的风，把浮起来的清香，搬运到四处的田畴里。那是一片开阔的田畴，油菜花大部分结籽了，只有一小部分还在开，和地里的白菜花萝卜花，兄弟姐妹一样，坐在大地的筵席上，穿着质朴而纯洁的盛装。坡下是岑港河，沿山边蜿蜒而来，水芹艾草蒌蒿，茂盛浓郁。三五个小孩在河边垂钓。

县城只有两条街，以V形分成三个居民区。房子并不高，三两层，街边的梧桐树粗壮，宽大的叶子四季飘零。门墙和店面都没有装饰，青灰色的墙砖和黄色的泥巴裸露出来。街上是汤粉店、小吃店、理发店和服装店。在很多年的印象里，横峰更具小镇的气质——街道窄，人迹稀落。一个破旧的火车站才把我带到县城的概念里。说是火车站，其实更像一栋民房，外带一个院子——这是中国等级最低的火车站，只有最慢的火车才停靠。但这个县城，有一股我非常熟悉的气味，让我短暂晕眩和入迷。我说不清楚这种气味具体是什么。可能是那种散漫的慵懒的生活方式，也可能是不规则田野上空的山峦投影。而火车站瞬间把这一切显现出来——火车慢慢来，慢慢走，哐当当哐当当，不那么撕心裂肺，也不那么含情脉脉。差不多每三两个月，我就会来一趟横峰，要么和徐鋆，要么和欣如，要么我们一起，去港边，去下坊徐鋆老家。

在1993年初春，我还不认识欣如、徐鋆时，我去过一次横峰，第一次去。我从饶祖明居住的德兴长田，坐两个小时的班车到横峰县城找一个人，这个人姓何。我只知道她一年前从铅山来横峰，随她男友来做煤炭生意。我沿着街面问了一个下午，在电影院附近的一栋灰旧的楼房里找到她。她比以前丰腴些，皮肤白净，穿木槿花印布裙子，蓬松头发。我坐在办公室，看着她进门。她语气温婉，说：你怎么找到这里呢？我说：我闻闻空气里气味，就知道了。事实上，一年前我到她家找她，她父亲就告诉我她在横峰。我在她办公室喝了很长时间的茶，也忘了聊了什么，只是心里很悲酸。我们第一次认识，是在永平铜矿汪峰的单身宿舍。汪峰获了《飞天》杂志的诗歌一等奖，奖金三千元，我去祝贺。那是1991年冬天，天空像一团淤泥。汪峰请来贵生、建平等诸多好友。汪峰说：庆祝要隆重，还得请一些人来，去镇里请。何是个小学老师，她来了。晚上，天下着冻雨，滴滴答答。大家都回家了，何还没走。我和她，在汪峰宿舍，直到天下起了小雪，她才回家。她有一头很长的头发，脸饱满，像一朵雪花。我们一起见过四五次面。她的眼睛有一层薄雾，迷迷蒙蒙的，做梦一般。在横峰，是我们最后一次见面。在2002年8月，我有一次接到她电话，她说她一直生活在上海，还没成家，生活得很好。我也不知道她怎么找到我电话的。她说她看了我一篇文章，想起了故友。我坐在办公室，看着窗外的信江，窗前的树叶已完全发黄了。

在整个1990年代，我把生活过得有点像游击队员，在这里生活一段时间在那里生活一段时间，把钱袋用空了，又回到上饶。还好，我一直单身，否则，没哪个女人可以容忍这个蒲公英一样的男人。

今年正月初二晚上，应祖明邀请，我和徐鋆、汪峰、国太在饶祖明二哥家吃晚饭。汪峰发微博：八百年前，杨万里在江西诗派领袖刘藩的玉山家中，遇见了朱熹，从此留下了文坛传奇，今天诗人国太、汪峰、傅菲、饶祖明在玉山郊区大南角青湾聚会。酒意酣畅之余，我问汪峰：你还记得我们第一次见面在什么地方吗？他摇头。我说：在上饶县城，渭波三楼角落的办公室，下午下班时，你敲渭波的门，蚊子一样，说：郑老师在吗？打开门，我看见一个戴酒瓶底眼镜的人，胡子拉碴，把手抄诗歌册页给渭波。渭波双脚架在办公桌上，说：你叫什么名字呀？你答：汪峰。我不记得你诗歌了，记得你一笔小楷字，遒劲工整，也在同一天，认识了纪辉剑老师。那时我和徐勇还在读书呢。国太说："那我们怎么认识的，你记得吗？"我说："我当然记得。""你说你印象中的第一次在哪？""在铅山。"国太说："铅山是第二次，第一次在我办公室，你来上饶县团委，午饭后看渭波，那是你在《人民文学》发表《鹤七首》之后不久，我记住了你满头卷曲的头发。”饶祖明说：“我们这些人是会相伴到老的。”我说：我们聚会一次多不容易，汪峰在四川凉山，国太在温州，你在黄山，我都不知道自己在哪儿，徐鋆在武汉，要多少年才可以坐下来一起吃饭、吹牛。

第二天，我们便四散各地了。是什么把我们抱在一起，又是什么使我们分散异地？先祖把我们捏成了不同的人，生活把道路捏成不同的弯度。

1991年正月，即我参加工作一年后，从乡下调往上饶县城。县城毗邻上饶市区，像一艘船，漂浮在丘陵间。县城只有一条南灵路，水泥路浇到供电公司便断了。四处是黄泥山冈。深秋，山冈的落叶灌木，树叶泛黄泛红，与赭红的岩石浅红的土壤相互映衬，远远望去，地平线变得阔远。纪辉剑、发贵、渭波，我们常在午后或傍晚时分，在山冈散步，远眺。我们追寻着地平线，浑圆烈焰一般的落日，滋生出一份落寞和慈祥。我们以为地平线近得似乎触手可握，事实上它与天际相融——或者说，它就是天际。多年后，我读江一郎的《地平线》——告诉他，那是地平线/太阳升起的地方/哪怕他，像我一样/一辈子颠沛流离/一辈子走在路上/清凉的风吹着他的头发/只剩下孤单——我竟然半天说不出话来。在星期六晚上，我们在县二轻局一楼的小会议室里，定期举办文艺沙龙。参加的人有渭波、纪辉剑、发贵、李阳、徐勇、刘绍文、曹绍炉、占飞鹏、谢克忠、陈德斌、郑一平、丁元军、吴斌，后来有几个女同志来，是杨雪红、陈菊英、李蓉芳，另有几个，我已经想不起了。沙龙有主题，有时还举办朗诵会。我们喝着茶，嗑着瓜子，也和女同志说说笑笑。半年后，出现在沙龙的人越来越少，成双成对谈恋爱去了。也有的人，再也没出现了。丁元军去读研究生，李阳去了北京。记得丁元军留一撮漂亮的山羊胡子，高大英俊，温文尔雅，迷死了我的学妹昱。一年后，沙龙解散，吴斌去了上海，曹绍炉去了异地，纪辉剑和郑一平、陈德斌同一时间调入市区，刘绍文去了广州。

在那些年里，我一直把诗歌写作当作一种生活运动。用汪峰的话说，像诗歌一样生活。汪峰在铅山，饶祖明在德兴，我们时不时地聚在一起，骑破旧的单车，在乡村转来转去，去看一座古墓，探访村姑，访问一座古桥，在开满油菜花的田里睡觉，在河边即兴朗诵诗歌，发神经一样，对着山川河流啊啊啊。当然去得最多的地方是永平铜矿和长田。有一次去永平，天降大雪，我走在主干道上，灯光朦朦胧胧，橘红色，雪花抛撒下来。吴祎华蹲在工棚里吃铝盒烧的饭。工棚是塑料布拉起来的，铺了一张木板床，地上铺着红砖块。铝盒架在砖头搭的简易灶上煮饭。吴祎华看见我很是意外。我说：我来看汪峰，你一起去吧。“看汪峰，没有诗和酒怎么行？”吴祎华说。他从枕头底下抽出一卷诗稿，说：走，买两瓶酒去。我说：你在工棚里写诗吗？他呵呵笑起来，说：写诗需要办公桌吗？到了汪峰单身宿舍，我走在楼梯口听到了洗澡间里汪峰的尖叫。汪峰和工友们在洗冷水澡，哇哇哇叫。吴祎华是我们这群人中写诗比较早的人，常年在外颠沛流离，做石匠，补篷布补轮胎，没事做，教别人拳脚功夫。因会写诗，煌固乡政府安排他去文化站上班。他管全乡的台球桌，管了两个月，他还是跑去做石匠。我至今还记得他发在《创作评谭》上的散文诗《非人类》：我们是一群非人类……不记得那晚汪峰和吴祎华喝了多少酒，酒后，罗时平和胡成斌想跳舞。到了舞厅，关了门，又回到宿舍，却没三用机。我说：这样吧，我用手捶床板打节奏，你们跳舞。咚——咚——，咚——咚——，咚——咚——。他们东倒西歪地抱成一团，有的倒在地上，有的到门口卫生间狂吐，哗哗哗。人散了，汪峰靠在木板床上，呃呃呃，吐。我端来脸盆，汪峰像是自言自语又像是哭。他的喉咙里堵塞了什么东西，他的身躯像一个堰塞湖。他迷迷糊糊地睡了。我靠窗，翻看他的诗歌练习册，一页一页地看。到了半夜，他起床，穿一个短裤衩，套一件军大衣，打开窗，摊开笔记本写东西。窗外是飞舞的大雪，一朵朵地飘到桌面上。不一会儿，汪峰把新出炉的诗歌给我看，是《琵琶》：

乌江是一根弦
香溪是一根弦
浔阳江是一根弦。还有一根是你的脉息
琵琶。你的琴音滚滚而来
古典的曲谱
转眼间湿成了几支冷梅

抱琵琶的女子。你的面目沉郁、细致
仿如梅花的寒香
折枝的女子。你的眼泪
到底为谁奉献了干粮或细粮
空庭向晚。玉石里的音乐绵绵若渴

手指落向大地的肩头诉说不尽的沧桑

我熟稔古代的圣贤。常常隐到一根弦上
躲避激流、险滩
琵琶的年代里。像美人命若游丝的身躯
被无情的手指戳伤正一点点消散……

一个残酷的帝王。使琵琶出了塞
一个失败的英雄。使琵琶断了弦
一个怯弱的书生。使琵琶泪湿春衫衣袖

抱起琵琶。有一种彻骨之爱旷世之恨
品相中手指沉沉若水
一挑一捻。琵琶又当别抱。今夜
让我再一次聆听江河 嘈嘈切切

在房间里，我一遍一遍地读，声音先是低的，接着高起来，大声朗诵。窗外的雪花并没有停歇的意思，白茫茫一片。雪，是大地最薄的一张脸，轻轻一吹，碎了。有一条河流冲垮了汪峰的堰塞湖，带来了狂涛一般的激流，席卷了当时的诗歌界。他随后写出了《梅》《蝴蝶·李清照》，这是江西诗坛的经典之作。

永平是一个江南小镇，铅河从武夷山北麓奔泻而来，到了石塘，疲倦了，安歇下来，像一匹马，疲于旅途。我们去看辛弃疾墓，去鹅湖书院，去看白菜碑，在油菜花葱郁时，去看一个叫美娥的女子。一垄一垄的油菜花，在雨水里，噼噼啪啪地响。罗时平、胡成斌、江午晖，他们都是画家，汪峰也曾习画五年，他们坐在田头，画素描，画钢笔画。星夜，我们在河口泛舟信江。站在船头，星辉散落，银汉迢迢。我们不由自主地仰望星辰，那么高那么远。

我们把这种潮涌般的内心激流，一直推到长田。长田是德兴的一个僻远村子，有一个山间盆地。永乐河边长满苦竹和藤萝。雨季后，藤萝和蔷薇热腾腾地开出满墙垛的花。河在田畴间曲折地漫流，两岸的花也在漫流。我尤爱蔷薇花，一支一蔓，顺着枝条在墙埂攀爬，花蕊霜白，花瓣是由白到妍红的渐变色。她们是大地的儿女，成群结队，在永乐河边，梳洗，素面朝天。村后的小山坡上，杜鹃花艳艳地开了，一丛一丛。坡下是一个简陋的乡村校园。饶祖明居住在这里。我从班车下来，村里人认识我，说："你又来了。"南昌的国太来了，汪峰来了，丁智来了，傅金发来了，田畴间多了一群迎风的人。

1991 年至 1994 年 10 月，我和徐勇借住在教育局的内部招待所里。在乡镇工作的诗友也来此相聚。来得比较多的是吴祎华。他长得一表人才，随口即咏舒婷、北岛、顾城的诗。南郁也来，他刚参加工作，在线材厂上班，骑一辆轻便破旧的单车，吃很辣的辣椒。汪峰则口袋里随时有一本软皮抄，扑在床板上写写画画。谢克忠来，再也不谈诗，谈气功和八卦。有一阵子，发贵和克忠走得很近，对气功很入迷。我去他家玩，他到点了，说：你坐一下，我去打坐了。每次去他家，他都有水果招待，苹果、梨之类的。我对徐勇说：以后我能天天有水果吃，该多好。最远的客人是赣州的三子。大概是1994年夏，一个星期日，我和徐勇在电视播出房里看电视，听见“徐勇、徐勇，傅菲、傅菲”的叫唤声，我探出头，看见三男一女。高个儿男子说，我是三子。我们一下子拥抱在一起。圻子和龙天也来了。女孩子是钟婷，三子的未婚妻。晚上睡在局招待所，因鲜有客人，房间有一股霉味，晚上蚊子嗡嗡嗡，烦死人。我们干脆不睡，坐在床上，聊天到天亮。此后，赣州诗人还来了几次，我已转到市区上班，也把他们安排到县招待所住。他们的到来，成了我们共同的节日，汪峰也来，丁智和傅金发也来。林莉和邓芝兰也参与我们的聚会。在1990年代，江西的诗歌分为三个诗群，南昌诗群、上饶诗群、赣州诗群。上饶和赣州，像赣江和信江，在鄱阳湖交融在一起。上饶老一辈以桂向明为尊，中生代有国太、孙家林、渭波、纪辉剑，新生代有汪峰、饶祖明、徐勇、吴祎华、腾云。林莉那时还是一个启蒙者，正在接受洗礼呢。前天，即2015年2月25日，无意中从网上得知，1月18日，桂老故去，享年八十有三。我默默抽了两根烟。我曾在《岸上游走的鱼》写他：“这是一个可爱偏执的老头，一个活在内心里的人，一个思考生命却耽于生活的人，一个用血液喂养文字的人……”记得在1990年4月18日，我从老家去上饶县城参加“谷雨诗会”，因洪水暴发，取道玉山，拜访桂老师。他穿一件发白的中山装，不善言辞，眼神有穿透力。他小居室的客厅里，堆满了报刊。他心灵高洁，为人却不孤傲，慈爱有加。他端两个饭盒，到食堂打饭给我和潘其尧吃。他缓慢地步下矮矮的台阶，戴一顶军黄色的小帽，佝偻着上肩，从蜀柏丛走去，慢慢消失在树荫，轻轻的低咳传来，像个邻居大爷。

我调入上饶市区是在1994年10月。借租在五三大道的水果批发市场的居民区。居民区毗邻铁路。我睡在房间里，似乎能感受到火车撕裂空气，呼——呼——呼，铁轨猛烈地震颤。我骑一辆破旧的自行车穿过体育中心，沿滨河东路去上班。自行车是尤少兵送我的。这是他参加工作时他爸爸花了两百二十块钱买的。他用了三年。我和张灵秋合住一套房子。张灵秋是个照相师傅，在白鸥园三楼开照相馆，但没什么生意，他爱打牌，关起店门，把浑身的气力发泄在扑克牌上。住了一年，我搬到单位家属区棺材坞去住了。整栋楼，差不多有一半人是单身汉。贵哥住在我对面。他是摄影部的，出门肩上挎一个照相机，见了漂亮女孩子就来一张。他个子不高，瘦削，很讨女孩子喜欢。常有女孩子在晚上来看望他。我看到他房间熄灯，敲他门。第二天早上，也早早敲他门。他说：你个死相，老敲门干吗？我说：没办法，你不请客堵我嘴巴，我就敲门。是啊，我是多么没心没肺。谁叫我们是死党呢？他每交往一个女孩子，都带给我看。一次，他叫我去崭岭头吃饭，我说谁家里呀，他说丈母娘家。我说：你老婆都没有哪来丈母娘呢？他说：老婆是没有，但有丈母娘。到了崭岭头，已是开饭时间了。两个女孩子，是姐妹俩。女孩子的妈妈四十多岁，嘴巴特别甜。饭后，贵哥说：那个腿有些残疾的，她妈妈想把她许给我，女孩子不同意，昨晚她妈妈把她和我锁在一个房间里，锁到天亮。我扑哧笑了起来，说：你长得不怎么幽默，怎么还尽遇上幽默的事呢？女孩子妈妈肯定愿意你去做个强奸犯。贵哥说：两人在房间打扑克打到天亮，谁输刮谁鼻子。在单位没待几年，他跑到北京去发展了，那时他小孩刚出生不久。单位有几个人去北京办事，回来说贵哥发展很好，很活络。过了两年，他又回来了。他请江平和我等老友吃饭。江平说：贵哥不错，事业有发展，人忠厚，又不泡妞。贵哥涨红了脸，说：你说我不泡妞，不是侮辱我吗？你可以说我没能力，但不能侮辱我不泡妞。我们大笑。贵哥小我一岁，隔三岔五，我们小聚一下。有一次，他对我说：昨晚流了一个晚上鼻血，真见鬼。我说：你不常流鼻血，没事的，常流鼻血要注意是否患地中海贫血。他说：昨天下午约了女孩子，女孩子同意了，说晚饭后更方便一些，吃了晚饭，我去性用品店买了药吃，给女孩子打电话，女孩子说打麻将约好了，不出来了，见鬼，吃了药回家，躺在床上流鼻血，鼻子红肿。

我是一个比较贪玩的人，但并不怎么爱热闹，喜欢三五个人瞎聊，吹牛，或去看电影什么的。更多的时候，一个人躲在棺材坞看书。一百四十多平方米的房子，我只有一张书桌，一个书架，一张床和一张小方桌。桌上，床上，书架上，杂七杂八地堆满了书。在长达十年的时间里，一直订阅《人民文学》《天涯》《花城》《诗刊》《小说选刊》等十五六种刊物，睡前至少看两个小时的书。棺材坞的冬天特别冷，湿气从墙缝里钻出来，从树根里爬出来。我几乎不出门了，窝在被子里。春天雨水绵长，山坡上细细的小水流，汇集到院子里，干涩的冷杉树的针叶漂浮起来，蚂蚁顺着针叶爬。墙壁上的潮气凝结成水滴，圆珠状，挂在墙上。我对门楼上住着刘付生。他爱看足球，抱着一床被子，窝在沙发里，看足球比赛。他看不了半小时，呼噜声此起彼伏。比赛完了，我推一下老刘，说：比赛结束了，睡觉吧。他猛地一惊，说：这么快，就结束了？我们是非常要好的邻居，夏天，我们打牌，不来钱，打通宵。他打赤膊，烟一根接一根地抽。他说：和傅菲打牌好，傅菲管烟，烟抽不完。我说：和你打牌好，你老婆管饭。嫂子饭烧好了，叫一声，开饭了。我们咚咚咚上去，跑得比兔子还快。煎辣椒，蒸板鸭，碎椒炒蛋，我吃得不想下桌。老刘打牌有激情，右手拿牌，左手出牌，狠狠把牌甩在桌子上嘴角叼着烟。一个晚上，我抄老刘十几次底。他对我说：你是个狠角色，不声不响抄底，牌打在别人痛处。烟抽完，空了烟盒，天亮了，哑然失笑。他也不睡，躲在书房里，写小说去了。他写字快，思路顺，十五天关门在家，写一个小长篇。

徐鋆开状元楼时，饶祖明和国太在棺材坞小住了一个星期。我们哪儿也没去，在房间里讨论中国诗歌和江西诗歌。吃饭在状元楼。晚上夜深了，国太说：能不能搞点夜宵吃吃。我没锅没灶，一个碗也找不出来，只有喝水的杯子。我打个手电，走一华里的路，到书院路小餐馆，提两个钢精锅，一锅菜一锅碗，啤酒用袋子背在肩上。我们总有说不完的话，哪怕那些话是重复说的，都说得激情四溢，唾沫横飞。1994年，在五台山参加《诗刊》社第十四届青春诗会后，汪峰便很少投稿了，他的工作处于一种极度的压抑状态。他也很少出来玩了。饶祖明在长田教书时，常常上午不上课，睡懒觉，他校长要扣他工资，我跑到长田，黑夜时，把他校长拉到屋子墙角，威胁他校长，说：你敢扣他一块钱，我现在把你打倒在地。他校长说：误会了，误会了。现在想来，我当时真是无理取闹。汪峰工作压抑，我心里很是难过，我打电话给他领导，威胁他领导说：你再这样，你会声名扫地的。他领导有些惊慌，不久汪峰换了工种，去看守电泵房。汪峰像一只蜗牛，把整个身子缩在薄薄的壳里了。我打电话给汪峰，说：国太来了，你也来玩玩吧。汪峰说：不了，省得请假。他声音低低的，慢吞吞的语气，像一只蚊子我记得当年纪辉剑第一次遇见汪峰时说的话，他说汪峰的诗有痛感，有探索意味，将来会是江西最好的诗人。那时，汪峰还是一个背帆布工作包的吊儿郎当青年。时至今日，这三十年，我只承认江西出了五个诗人，李耕、汪峰、三子、林莉、国太。我知道，这话很伤人。

状元楼关门了。不久，徐鋆和欣如离开了上饶。我处于一种悬空的状态。在1998和1999年，我处于一种内心极其挣扎的状态。除了徐勇，我身边的人走光了，而我两手空空。我常常莫名其妙地坐上火车，作长途旅行，孤身一人。一个月，两个月，三个月，消失在茫茫人海。我不知道我在寻找什么，我要获得的是什么，我的一生到底是怎样的一生。2000年，我认识了一个名叫蔡虹的女人，她成了我的妻子，她为我生儿育女，我们会相伴一生。

现在是乙未年正月初十，窗外的紫玉兰长出了紫红的花苞，红樱花完全撑开了紧裹的衣裳，柚子树发出了毛毛的细芽。又一年的新春来临。我又将老去一岁。我的青春年少时光随着1990年代的结束而消失得无影无踪。那是一个美好的年代，是一个怒放的年代，是一个自由的年代，也是一个飘零的年代、被风吹散的年代。它是一个发光体，早已埋在深深的土层里，当我们抚去它的灰尘，它依然闪闪发亮，甚至可以去点亮一个星宿，让我们沉重的肉身在夜空飞翔。

胎记和釉色

谁都说不清，那是亘古的秘密——一个村庄的隐痛，短暂的欢愉，从暮色中慢慢浮现的脸。它们是烈火焚烧的泥，是额头溃散的冷，是胸腔里永不暴发的洪水。我看见的人，从冷寂的小巷匆匆走过，鞋子里有水，呱吱呱吱，脸往下埋，黄墙的阴影覆盖了身子。我以为他们永不回来，分散四野，最后汇集在通往山后的小路，在一片坟地消失。走得那么快，快得让我们失去对他们的观察，让我们失去对生活的悉心照料。其实，他们在一条我们所不知的道路上，又返身回来了，带来婴儿的哭声，春天大片大片的野花，饶北河腾空的呼啸。我不知道我是否看见了他们，是否与他们再次相逢。我只听见今夜的北风掀开往日的灰尘，哗啦啦，哗啦啦，大樟树最粗的一根枝丫被折断。北风是挥舞得呼呼作响的银鞭，大地缩成一团，结实，沉闷。猫头鹰从一个山头叫到另一个山头。这样的黑夜（我们想起众神，但众神已经死去）多么像一个盲人，一个我熟悉的盲人。

一个被重重叠叠的灰尘所遮蔽的盲人，代替了我的言辞。我多少次问自己，为什么想起她。她还让我想起大雾、墨水、尘封的心扉、无法洞悉的生活。

她眼睛内凹，有黄尘色的眼屎，翻动眼珠，豆腐花一样的白在滚动。“是兰花吗？你两天没走这条路了。我算了一下，菜园洞房那天，我就要抱孙子啦。”我妈去河边洗菜的路上，被她叫住了。她坐在门槛上，腿上横着一根拐杖。菜园是她大儿子。她是在菜园地生下他的，滚热的一坨肉，菜叶包着，用粪箕挑回家。菜园三十六岁那年，才说上一门亲事。新娘是个轻度弱智，叫水花，是上村的，却是个美人。我妈说，有孙子抱好呀，管他是和谁生的。水花是怀胎待嫁的。村里人都猜不出孩子的父亲是谁。一个单身汉说：“是我生的。夏天割薯藤的时候，在棚坞的地里，下种了。”另一个单身汉否定了这个说法，说：“大家都晓得，水花上山砍柴，都是我带的。我帮她砍，帮她捆，当然也帮她下种了。”村里人问水花，水花怎么也不说，她嘟起嘴，结结巴巴地说：“他们都不是。我不能说。”从说亲，到洞房，刚好过了一季的稻子。客人边闹洞房，水花边生产。菜园坐在新郎席上，傻傻地笑。盲奶奶说，这个小孩是水边下的种，就叫水边吧。

你看见菜园的房子，肯定会联想到鸡笼——手能摸到屋檐，青苔吸在瓦塄上，厅堂没有门也没有墙，整座房子没有窗户，只有两扇边门，油烟把杉木板的墙壁熏得油亮深黑。盲奶奶坐在门槛上，脸上绽放出与她年龄不相称的笑容，恬美，水珠一样静，她随时做好了与路人交谈的准备。她花白的头发往两边翻卷，仿佛冬天的野篦麻。事实上，她唯一的友爱对象是水边。她靠耳朵生活在一个微小的世界里。耳朵是一个盛满声音的容器——老鼠在啃破鞋，鸡跳到了饭桌上，猪拱圈栏，一只觅食的猫把碗打碎在地，她并不挪动身子，而是用拐杖敲打门槛，当当当。这是拐杖的唯一用途。她不瘸，走路也不靠拐杖引路。

从我家到盲奶奶家，大约有一百米，中间要穿过舒前列家。舒前列是个避难的移民，有六个女儿，他老婆是一个肥胖的女人。路把房子分成两边，右边是卧室，左边是厨房和厅堂。房子很小，比我家的牛圈大一些。我放学回家，就能目睹他家的本质生活。饭桌上的菜肴，是一个家庭的容貌。舒前列用蓝边碗吃饭，几乎不吃菜，只是偶尔用筷子点一下碟里的酱椒。他老婆坐在小板凳上，怀里抱一个，腿上坐一个，一边喂饭一边骂稍大的女儿不懂事。饭桌上，通常是酱椒，豆腐乳，酸萝卜，黄豆，一两个时鲜蔬菜。舒前列高高瘦瘦，力气很大，靠砍柴养家，我看见他吃饭时抽动的喉管和铜铃一样的眼睛，就想起他腰间闪亮的刀。而肥胖的女人，骂了一会儿，自己会蹲在地上号啕大哭，没有泪水也没有鼻涕，干号的哭声很呛人。我妈这时会出现。我妈把舒前列的六个女儿，从惊恐中解救出来。因为，胖女人一哭，六个女儿也哗啦啦地哭。我妈的法宝是端一碗豆腐或一碗咸肉。胖女人抱住我妈，止了哭，鼻涕适时地流了出来，糊了我妈衣角，抽搐地抖，说：“这样的日子到哪天是尽头啊？”在我十岁那年，舒前列一家迁居到市郊，他住的房子在一场暴雨中倒塌，使我暗喜，因为一间无人居住的旧房，多多少少让人陡生恐惧。直到 2001 年，我在市区才看过他，他拉板车，在广场的拐角，卖甘蔗。他的头发全白了，坐在车子的扶手上，穿厚厚的棉袄。他已经完全不认识我，他不可能去想象一个孩子的成长，一张与二十年前相关而又完全不同的脸。

盲奶奶家是我每天要去的。紧挨舒前列家的是一扇石墙门，粘附着爬山虎，蕨萁，青苔。我站在门口，探进一个头，低声叫："蒙古。蒙古。"蒙古是菜园的弟弟，大我七岁，有一股牛力，摔跤很厉害。一个女声会应和："蒙古，去放牛了。"那是蒙古的妹妹，叫烂头。烂头剃个光头，长满油疮，几只苍蝇停在疮上，赶都赶不走。蒙古是我能指挥的年龄最大的人。蒙古拖一双补了又补的套鞋，哗啦哗啦，跑出来，说："柿子皮带来了？"柿子皮是我奶奶每天哄我的，我从裤兜里摸出几片，说："我去读书了，你帮我放牛。"

与我一同放牛的还有金炎、老七、义卿。秋收后的田野素净，亮白。豆子已经收了，还有红薯地没挖，过冬的柴火还在深山。繁忙的农事让村里人没时间打理稻草。那些稻草扎成一个个稻草人，一把把地散落在田里。那些稻草人显得孤单，像一群被遗忘的人。而一些老人，在夕阳西下的时候，捏一根麻绳，悠晃到田里，捡一些干净、洁白、齐整的稻草，捆到河边洗净，翻晒几日暖阳，铺在席子下面，一个阴寒的冬天就变得质朴而温暖。穿过田原急于赶路的陌生人肯定不会记住这些，他只会很留意哪条路怎么走，河流在哪儿拐弯。拐弯处是三户人家，其实是两户，有一户人已经死光了。他一定会记得村里哪棵树最高大，黄墙黑瓦，一缕炊烟系在树梢。在乡间，我度过的时光是短暂的。我仿佛轻易地理解了人生，在时间的腐蚀剂中，人很容易腐烂，我们应该明白，我们在收获什么，为什么去收获。每当我看见那些散落四野的稻草人，我突然觉得坦坦荡荡，仿佛被大野的风吹得透明。我甚至怀疑那不是稻草人，而是星散在大地上的人。

而童年，是一团焦炭，火焰没了，温度还在，它会在某一刻燃烧，温暖一个在他乡暗夜里缅怀故土的人。冬天，我们把牛圈当作乐园。我们的牛关在一间矮小的泥房里，棚上堆满玉米秆、豆秆。我们翻跟斗，打纸板，跳方格。我们提一个火钵去，用小铁盒炸肉渣吃，炸黄豆吃。他们都没读过书，他们所知道的关于枫林以外的事情，皆源于我稚嫩童声的讲述。金炎大我一岁，即使是寒天，也穿一条单裤。他的棉袄是他一个远房伯伯送给他的，盖到膝盖上，他的手抄进袖筒里，腰上扎一条麻绳。他从小就有轻度的肺病，不时地咳嗽。他父亲早年死于肺结核。有一年，我们都到了对身体羞涩的年龄，去饶北河游泳，他迟迟不肯脱裤子，我们就扒。他奋力地哭，他说，他没有短裤，没办法下河。我一下子呆住了——对他人的生活，我们永远是旁观者。我外出读书，和我差不多大的村里人都打工去了。老七和他大哥学油漆，义卿做了盲流。金炎始终留在枫林。他几次出去，都失败了，他连自己的名字都认不了，有一次，他还讨饭回家。他三十好几了，还没结婚。我对我妈说：金炎结婚，我要送一个礼。而礼始终没送出去，他娶了一个盲流来的女人。到了粮荒，我妈就会送些米给他家，我妈说：金炎身体不好，米都没得吃，还受他哥的欺压。义卿在前几年被判了刑，在温岭偷目鱼，有一千多斤，被抓了。村里人说，其实他没偷，是被另一个人诬陷。他在警局里挨了多次打，他咬牙不说真相。

其实我们一直生活在真相的蒙蔽之中。比如烂头十四岁就结婚了，为什么呢？一个人是怎样衰老的？真相的核心像一枚石头，沉入水底，再也无法辨认。

老七的家与盲奶奶的房子相邻。蒙古有一个很大的弹弓，拉筋是汽车内胎皮剪的，弓把是油茶树丫。我们躲在老七的阁楼上，瞄准三十米外公路上的货车。那是一个俯视的角度，中间稻田里有飞舞成群的蜻蜓。越过公路，滚滚的尘埃散去，我们可以看见饶北河，隐没在槐树丛里。它那么慵懒，蜷曲着身子，游动时，液体的鳞片闪闪发亮。货车来了，我们屏住呼吸，仿佛司机随时会发现我们的阴谋。其实是我们暗自害怕。而这正是我们的乐趣。阁楼成了我们臆想中的碉堡。蚕豆一般大的石子，尖利地穿过空气，飞向目标。飞翔的石子是沉默的，它摩擦的空气有火焰，温度瞬间剧烈升高，又消弭于冷却。飞翔无迹，在我们的视线里只是一道浑圆的抛物线。石子一般打在稻田里，或公路上，也偶尔击在车身。也有击碎玻璃的时候。司机急速刹车，停下来，看看碎了的车窗，再看看四周，他从石子飞来的角度，察看阴谋背后的脸。他拍了拍身上的土尘，沮丧地垂下双手，终于破口大骂："我们无怨无仇，为什么害我。这是什么鬼地方，要打死人的。"我们无法看清他的脸。他重新爬上车，咕咕咕，轰轰轰，他被内心的怨恨所吞没。蒙古咧开嘴，坏笑。金炎抹着鼻涕，头上蒙着几丝蛛网，脸上有景仰的气象。

那时，路边的水沟，氤氲恬淡的气息。夹沟的矮墙上，有一株柚子树，一株水蜜桃树，一丛木槿。桃树开春就把粉红的花苞举过枝头，艳艳的，充满情欲，水面漂着细瓣。柚子树常年散发刺鼻的味道。而木槿的花季那么长，剪了又蹿出来。生活在它们的开放中，显得缓慢，凝滞。被寂静包裹着的喧哗，漫流而过的哀伤，就这样埋伏在一个人的记忆之中。老七的厅堂对着水沟，宽阔的田野并没有把鲜亮的色彩吹送进来，而是把馥郁的植物体香，塞进了空气的隙缝里。厅堂是阴暗的，横梁的投影和瓦的漏光相互交织，构成童年时光的底色。我、金炎、老七、义卿和蒙古，在雨天的午后，会在厅堂里打陀螺，踢毽子，老鹰抓小鸡。有一次，大概是傍晚时分，我突然惊吓得号啕大哭，整个场面凝固了，几秒前的吵闹潮水般迅速退去。我醒来的时候，已经是第三天的早晨。后来听我妈说，是蒙古抱我回家的，蒙古说不清我为什么哭，只看到我哭了几声，瘫软了下去，不省人事。我家里人的惊慌是可想而知的，我奶奶一直守在我床前没合眼。我说我看见一个裸露上身的妇女，四十多岁，头发麻白，左手托住左乳房，乳房溃烂，流黄黄的脓水，妇女靠在中间的圆柱，看我们踢毽子。我奶奶——一个脾气古怪性格强悍的老人，颠着小脚，找到盲奶奶，问，这个妇女是否会把小孩夺走。盲奶奶说，这个妇女死于乳腺癌，有二十多年了，是老七的姑婆。盲奶奶又对我奶奶说，你孙子很难带大，他的眼睛异于常人，你让他学佛吧。

在我们牛圈斜对面的岔路口，有一棵桑树，树叶披散下来，我们能听到雨水啪啪啪的脚步声，春天，脚步声是那么绵长、细密、匀称，有淡淡的伤感。树底下，有一座砖头搭的土地庙。庙里摆了一副碗盏，菜油灯吐出荧荧的绿光。我奶奶每天傍晚，由盲奶奶陪同，拉着我瘦瘦的小手，去烧香。我那时就害怕死亡，也害怕荧荧的绿光。庙前的石板上，洒落斑斑油迹，乌黑，透亮，仿佛是一种暗喻。奶奶非常担心我因此而夭折——事实也是如此，我受了惊吓之后，一病不起，长达一年多，就连睡觉也要奶奶抱着，我不敢一个人面对空间，尤其在晚上，浓浆一样的黑，形成我内心的块垒。桑葚紫紫的，被叶子盖着，它内部的浆水成为糖的延伸部分。桑葚落了，夏天也走了。

而我整个童年的快乐，再也没有显现，像一块被铲的草皮，留下秃头一样的泥地，要很多年才会长出绿色。奶奶把我的活动范围圈定在屋里、学校和一片大约一亩大的院子。院子与我睡房一墙之隔，有两棵高耸的柚子树，一棵枝繁叶茂的桃树。树下堆着木柴、农具，废弃的杂木。可以想象，乏味单调的时光，让人缺乏生趣。奶奶、盲奶奶和我，坐在矮凳上，说一些远远近近的事。她们仿佛接受了神灵的派遣，守护着我。耽于等待的是，四月的油菜花适时地到来，它像一个老人，脚步蹒跚，从一寸走到一尺，爬一节陡峭的斜坡，在枝头休憩，淋了一身的雨水，晒了暖阳，打了盹儿，抬起头，黄黄的花冠戴到了它头上。这是我最早阅读的波浪：风压过来，油菜花犹如奔跑的女子，香气和美裹得她们放不开手脚，只能身子前倾，头微微低着，而她们的裙裾被风掀起，拱起金色海面的喧哗……

你是知道的，我们的房墙有毛竹洞，垒墙时留下的。当黄昏的薄雾向人烟包围，麻雀就躲进毛竹洞里过夜。我用渔网固定在长竹竿上，网住洞，用边弓敲墙，哐哐哐，麻雀受惊，扑棱棱地飞出来，刚好被网罩住。它不会想到，陷阱可以设在高处，陷阱在它安榻之处。奶奶用麻线绑了麻雀翅膀，炖给我吃。长大了，我们才会明白，我们与麻雀又有什么区别，即使会飞翔，也有许多东西，挣脱不了。绑缚在身上的绳子，楔进骨头里的铁钉，我们永远无法解除。

在我二十四岁那年的秋天，奶奶自然死亡，没有疾病。她虚弱了多年，连人也不认得，常常把我妈叫成三姑。一个星期六的下午，我一个人在上饶县城晃来晃去，准备去一个朋友家打牌，走到路上，我突然想起奶奶，我想起她浑浊的眼，她躺在床上无力的手势。今天不回去，我可能看不见奶奶了，我想。我搭上最后一班车，赶到枫林，已经灯黑夜静。一家人围在奶奶的房间里，失声恸哭。奶奶处于弥留之际，她无力的手想拨开人群，寻找一张脸。而她的手连风也拨不动，就那么僵硬着，成了她暗示的言辞。我叫了几声“奶奶、奶奶”，她睁开了最后一眼，沉重地关闭了她所有的肉体的门窗，无边无际地下沉，没有重量，把温度和呼吸留在我心里。

恍如消失的那样，成长也是一夜之间的事。2001 年，我带着新婚的妻子回家过年，看见水边已经是个壮实的小伙子。我说：“在哪儿打工啊，要娶个媳妇了。”菜园嘿嘿地露出一口黄牙，笑着说：“水边刚刚从牢狱里出来。”“怎么会坐牢呢？”我说。水边说：“在萧山的一家厂里做事，拿不到工资，把老板打了一顿，就被抓了。”至今不知道生父是谁的水边，在六岁那年，也失去了母亲。弱智的水花被人贩子贩卖到一百多里外的另一个乡村。几年内辗转了几个乡镇，最后水花在小镇的石峡村落户。菜园始终没有去找她。水花经常托人带一些瓜子水果，送给水边吃。记忆中，水花是个美人，丰满，高挑，白净。而她也始终不敢来枫林，她对水边的挂念，依靠饶北河的逆风，吹送而来，扑打那扇摇曳的院门。村里人倒是经常看见她——披散着头发，穿破旧的红袄，拉着熟人的手不放，喋喋不休，脸像晒干的柿子

我能感觉到，盲奶奶对那些声音的注目——她的路口送走一拨拨的人，仿佛一夜之间从少年变得两鬓霜雪，他们是否与我一样无望而苦苦挣扎？他们消失了，他们的存在是那么遥远。

饼，嘴角淌白沫。她有男人，但没有家，她在她自己也说不清的男人身边过着短暂的生活，然后又转到另一家。

那座小屋已经完全破败，门槛和横梁，长满苔色。菜园在屋后垒了一间土房。垒房的时候，盲奶奶还在，盲奶奶的老头金木还在。金木从刚刚架上去的梁上摔下来，断了一条腿。金木整个人都缩小了，身子佝偻，走路像风吹动的摇摆。而盲奶奶总是不悲不喜，笑容是那么慈爱，让我确信她眼睛里的金属光芒在她内心喷射火花。烂头又回到了村里，她的老公死于绝症。她还不到四十岁，却已经当奶奶了。我已经不认识她，我只能在她皱褶的脸上，依稀看到二十五年前略带凄凉的笑容。现在，她靠帮一个寡居的远房亲戚看守房子糊口。她二婚的老公，远在市里，做菜场早市的装卸工，矮小，喜欢夸夸其谈。

蒙古在饶北河放养水鸭，差不多有二十年的历史了。他穿高筒的雨鞋，手拿一根长长的竹梢，跟在一群呱呱呱叫的鸭子后面，吹悠长的口哨。他有一个女人，他自己也说不清那个女人是他的什么。她是邻县的，有老公有小孩，比蒙古大几岁，她抽烟，还喝酒。她吃了饭，就找人打麻将，输了，找蒙古拿，没有钱，就回自己的家。她两个月就来住十几天，把蒙古的鸭蛋全卖了。邻居对蒙古说："蒙古啊，四十多了，不要被这样的女人迷了眼。她要的是你的钱。你有适合的寡妇就娶来。我们能帮的会帮。"

我并没有如奶奶和盲奶奶所期望的那样，专心向佛。我知道佛是大慈悲。让我自己不可理喻的是，曾经一度我倾心于基督教。我过于世俗，我不配做个教徒。在枫林，我可以获得慈悲和肃穆。枫林是多么广袤，容纳时间，容纳身躯，那么无边无际，就连不幸与苦难，都如芥草。

胸怀一条河，背靠一座山。

河是饶北河，山是灵山。我终于发现，那片田园是我的投奔处。我能倾听到那片土地的呼吸和喘息。一束稻花一条小径一片瓦砾，都在暗示生命的踪迹。生命无处不在，雨水淋湿的地方都有青草生长，冬天的梅树，叶片落尽却吐出艳丽的花。灵山终日被烟云笼罩。我能感觉到，盲奶奶对那些声音的注目——她的路口送走一拨拨的人，仿佛一夜之间从少年变得两鬓霜雪，他们是否与我一样无望而苦苦挣扎？他们消失了，他们的存在是那么遥远。他们目注生存者，知道死是对生的救赎，生是对死的对抗。他们好像告诫我们，伤痛与生同在，生命很渺小，却想活出意义。当我们轻轻地说出河流的名字，我们必将源远流长。

登升这个人

村里杂货店的格局，与小镇的有些差别。小镇杂货店，一般门前摆一台冰箱，冰棒、牛奶、矿泉水存在冰箱里，随过往客人方便取。人从冰箱侧身进店，在整齐的货架上，挑选自己的货物。客人只能从一扇门进出。妇人守在一张文具桌边，收钱。桌上一台电脑，显示监控图像。而枫林杂货店，由民房一楼改建，两个小货架，一台冰箱，一张破办公桌（不知从哪儿搬来的）。杂货店与厅堂直通，也可上二楼三楼，还可以通屋外的院子、茅厕。

店也不需要招牌，店主便是招牌。如李老七小店，如南枝妈小店。入巷子路口杂货店，邻居便叫它道长小店。开杂货店之前，没人叫他道长，开了杂货店，没人叫他吴老师。道长是中学政治吴老师。吴老师开了小货店之后，一年四季便穿一件蓝布大褂。大褂不是他自己买的，是厨房用品商家送的，算是一种落地宣传品。我见过道长的大褂，有“莲花味精”“利胜酱油”“娃哈哈”“武夷山味精”。道长五十来岁，矮矮胖胖，腆一个滚圆的肚子，头发像烧荒的茅草，穿一件蓝布大褂，活脱脱的道长模样。

“道长，拿一瓶水过来。”廿棒和黑七、黄目正在斗地主。廿棒叫了一声道长，道长没听见。道长靠在藤椅上打瞌睡，墙壁上的电视机咕咕咕响死了。廿棒又叫了一句：“道长，不要跟菜虫一样，卷在菜叶里不动，渴死了。”道长拖一双布鞋，噼噼噗噗，问：“你们两个要水吧？”没人应，正在理牌。道长说，你个廿棒，两步路也不愿走。正是热天，厅堂电风扇挂在顶上，呼呼呼地转。道长穿一件大褂，里面只有一条裤衩，空拉拉的。杂货店里面的厅堂，摆了一张八仙桌，供吃饭，也供打牌、推牌九、摇色子、推麻将饼等用。厅堂右侧边是两间单房，摆了麻将桌。二楼上有两个麻将桌。三楼有一间大厅堂，摆了八仙桌，供赌大博用的。打牌一场，道长收五块钱，扑克牌另算。打麻将一场，收十块，含空调费、茶水。赌大博则是吃红利。天热，没什么闲人玩牌玩麻将，一个下午，就一桌或两桌人，有时一桌客人也没有。电视正在播放《甄嬛传》，道长已经看第六遍了。他靠在藤椅上，双脚搁在长板凳上，抽着烟，嘻嘻嘻地笑。笑的时候，眉毛竖了起来。安徽卫视滚动播出近一年，道长也看了近一年。他把电视遥控锁在抽屉里，和钞票放在一起。

白天来店里打牌的人，都是闲人，没事干，或有事也不干。这些人一般三十来岁，哪个村里有人聚赌，他们骑摩托车，呜呜呜呜，去了。哪里有人聚赌，他们电话便响：“快来，老伯来了，带了十几万现金。”老伯是方圆四十平方公里的名人，以挖沙和放高利贷为生，五十多岁，一天抽五六包软中华，见人就发。这些闲人，大多是道长学生，也是道长的主要客人。道长是不敢怠慢他们的。拿水拿烟泡茶，道长随呼随到。道长上班，在不远的镇子里。班也没什么上的，学校可容纳一千五百人，因教学质量太差，学生只有三百来人，老师有七十六个，还不包括校长、副校长。道长便选了七年级政治课，一个星期四节。道长是老资格的老师，年年上七年级政治，上了七八年，他不备课，也不布置课外作业，落得自在清闲。校长对他唯一的要求，便是不要和其他老师起哄，去上访告状。

去学校转了一圈，道长又回到小店。廿棒取笑他："你这个四千多块的薪水，一粒汗水都不要落的，你看看，砖窑出砖的人，烤鸡一样，烤一个月，还没你多。"道长也奚落廿棒："你说得好，你单点六合彩一个数字，还中了六万呢。我一年都没你一个数字厉害。"廿棒是他学生。村里大部分青年都是他学生。道长去学校了，小店便由他老婆守着。他老婆叫香翠，以前是个赤脚医生，可能是她医疗水平太差，没人找她看病，便一直闲在家里，种菜，养鸡，烧饭。香翠满脸麻子，老是唠叨："以前那么多男人，到我家提亲，怎么就选了道长呢？那个汪宅的，来我家真多次，我都不要，你看看，他都在县城买了两套房子了。"她身材高挑、丰满，年轻的时候，确是桃花春风的。

吃了饭（无论是哪餐饭），村里的人喜欢在小店站站，看看，闲谈几分钟，再去田里地里做事。不去做事的人，便坐下来，打牌打麻将。道长见了不想走的人，马上拿出手机，说：要召集谁呀，说说，我打电话。他的手机是直板机，数字键都看不清了，他拿着手机，拉远，仔细看看，嘟，嘟，嘟，嘟，嘟，嘟，嘟，嘟，嘟，嘟，嘟，接通了："你还在死吃呀，快来，三差一，廿棒等得急死了。”道长手机里，存了六百多个号码，都是本村的。他负责邀人凑桌。他知道全村哪些人和哪些人喜欢坐在一起打牌打麻将，玩多大，谁欠了谁的钱，欠了多长时间，欠了多少，为什么欠，为什么有钱不还。他是知晓全村秘密的人。有一次，道长对我说：“你说，黄目老婆没名堂吧。”我说：“怎么啦？”“前年正月，你在家呢，在我三楼押麻将饼，黄目输了四万多，想扳本，他老婆借了几家人，都借不到，老银把买牛的三千块钱借了出来，黄目老婆觉得老银好，便偷偷摸摸和他相好了。”道长说。我说：“老银都快七十岁，黄目老婆才三十多岁，也相差太大了，再说，黄目也天天在家，怎么相好呢？”“你知道的呢，黄目睡三楼，天天玩游戏机到天亮，白天睡觉的。他老婆睡二楼，大门留了缝，老银便去了。”道长说。

过了正月元宵，村里也没什么人玩牌，大家都出门做工去了，去了义乌，去了温岭，去了慈溪。要玩牌的人，都是几个老人。老人不去小店玩牌，在自己家里，节省麻将租。再有玩牌的，就是廿棒、黑七等三五个人。前两年，闲人更多一些，有十几个，但现在大多数不在家，去了广东。这几个人在前年，在南溪村，押麻将饼，一个月，最少的输了十几万，最多的输了六十几万。闲人大都没钱，借高利贷赌，还了两个月的利息，便逃去广东，手机号码一换，谁也找不到他，过年也不回家。

小店也没什么东西卖，货物一般是低价的烟酒、调味品、洗涤用品、牙膏牙刷、饮料、袋装面包和饼干，鞭炮香纸，还有一些儿童小玩具和辣条之类的小包装食品。生意清淡也是可想而知的。道长一般是趴在旧办公桌上打瞌睡，要么靠在椅子上架起脚看电视。道长有一个儿子，大学毕业三年了，还没找到媳妇，让香翠很是操心。儿子在银行工作，理应找老婆容易，可交往了几个，都歇作了。火一样，点起了，却烧不起来。歇作的原因是在城里没买房，现在的女人，没房子，谁会嫁呢？香翠便叨唠：现在女人现实，没钱不行，没房更不行。香翠跟我说了好几次，周边镇里的学校或医院，有没有适合的老师或护士呢？有的话，可以介绍介绍。我说我都好多年没去过镇里，哪会认识呢？事实上，香翠这个话给好几个在镇里上班的人说过，儿子也相亲了好几次，如端午、中秋、十一、元旦、过年，香翠都安排了相亲，可没一次成的。香翠便责怪道长，说：这么多年了，连城里的房子也买不起，哪怕是个二手房也好。每相亲失败一次，她便责怪道长好几天，端一把椅子，坐在店门口，和来买东西的邻居，埋怨似的说：道长读了书，有什么用，读了大学有什么用，教了快三十年的书了，县城那么大，一个角都买不起。你看看，做油漆的水东，掌勺师傅木木，都在县城买了房。教书的，还不如一个掌勺的。她是一个说话特别有激情的人，说的时候，嘴唇抖动起来，眼睛一眨一眨。香翠说起话来，没个停。道长懒得搭理，去院子里把菜地铲一铲。挑事的人，便对道长说：你真有涵养，老婆这样说你，你也不发作。道长说：怎么发作，把她嘴巴贴封条，还是打她一顿呢？也有人给香翠出主意，说：道长哥哥那么有钱，可以借借，买了房子再说。香翠说：给死人借，也不会向他哥哥伸手。他哥哥是个非法挖石煤的人，赚了很多钱，却很少和道长一家来往，尤其他嫂子，见了道长，满嘴的奚落嘲讽。香翠便和嫂嫂老死不相往来。

小店的生意，年关占了一半。腊月开始，做工的人陆陆续续返乡。厅堂里，站的站，坐的坐，都是人。道长开始安排桌子，打麻将的，打扑克牌的，推麻将饼的。香桌上，早早烧好了热水，茶叶和塑料杯也早早备好了。道长吆喝廿棒，先把麻将饼推起来。先是小庄，押个十块二十块，八仙桌便开始汇聚了人。口袋钱多点的人，便坐下来，四个人便你一庄我一庄，慢慢玩。有了麻将饼，人再也不走；没麻将饼，要不了两根烟时间，人便散了，去了别的小店玩。有专赌的人，看到小店人多，也会来。道长见了专赌的人，高声说："大老板来了，把桌子让让，大家都可以发财了。"道长从内袄里摸出软中华，给专赌的人发烟。道长是个烟瘾很大的人，一天抽三包庐山烟。庐山烟一包五块，蓝壳。他平常不发烟，要抽的时候，手伸进裤兜里，摸一根出来，夹在嘴巴里。专赌的人坐下来，在桌上码个三万块钱，说：先来一个万元庄，大家快来赢，赢完了，还有，钱赢不完。长板凳上，站满了人。火熄上，站满了人。妇人也押。老人也押。"廿棒，给我在天门押两千，带一下，我人进不去。"有人说。

万元庄，即输了一万封顶，超出部分不赔，赢了一万才可以封庄。一条庄下来，一般十来分钟。庄家赢了，会给道长一张红边（一百块）红利，大方的或手气好的，给三张。也有连输十几庄的。庄家输了这么多，押钱的人喜乐乐，手里攥着钱，自己孩子哭死了也不理，这时，拿着钱，问孩子："要吃什么？自己去拿。"庄家大输，不等于每个押钱的人会赢。有一次，我表哥的小舅子，庄家输了三十多万，他不但没赢，反而输了两万多。他押了三把，一把八千，三把都被庄家吃进去。他是个油漆匠，我问他：刷墙，刷一个平方可以赚多少钱？他说：可以赚两块出头一点。我说：那你三把输了一万个平方米的利润，差不多要做三个月吧。他苦笑起来：押下去，便什么也不会想，想了不会押，你这样想的人，家里有一百万，你还押不下一千块。我哑然失笑。道长见专赌的人带的钱不少，便叫香翠烧几个好菜，留他们吃饭。专赌的人，一般来三个人，一个推庄，一个管钱，一个站在推庄人背后，看谁押钱，押哪门，押了多少，是不是有人出老千。道长知道，赢钱的人不想走，输钱的人更不想走。下午推了大庄，晚上会接着来。道长把好茶叶拿出来，好好招待专赌的人。

年猪都杀了，齐冬还没出现。道长打电话去了："老板，你是不是要把深圳的钱，全部赚完了，才回家呀。"齐冬是村里在深圳做小生意的，人豪爽，喜欢推麻将饼。齐冬说："你那里人太杂，不好玩。"道长说："你回家了还不来玩，怪不得我这里冷清清呢。"齐冬是道长学生，吃了晚饭来了。道长把电话拿出来，说："你叫谁我就打电话给谁。"人召集齐了，到三楼，门关起来，推麻将饼。齐冬每次都带一万，输毛了，扳本，叫道长借钱。道长说：哪有这么多钱呢？齐冬说：我的情况你不是不知道，明天早上给你，现在不可能去银行取钱呀。齐冬边说边把麻将翻来翻去玩。道长把廿棒拉出门，嘀嘀咕咕，返身对齐冬说：我是没钱的，我可以代借，不过要炮子，你知道规矩的啦。炮子的规矩是一万块放一天五百。"知道，知道，快拿来。"齐冬说。道长便把钱借给齐冬。其实这个钱是道长自己的。齐冬心里也明白。齐冬赢了钱，是个大方的人，叫："道长，你点点人数，男的一人一包硬中华，女的一人一瓶王老吉，你也把你自己算上。"

道长嘿嘿嘿笑起来，说：从深圳来的，就是不一样。

赌大博的人，一般在晚上十点前，便散了。但也有赌小博的人，一直赌通宵。道长又不能赶客人走，便把几扇门关了，躺在厅堂里的躺椅上，下面焐一个硬木炭的火熜，身上盖一件破旧的军大衣，睡下了。差不多，整个年关他也都是在躺椅上过夜的。

一个年关下来，也能挣三万多。道长却从来不把这个数字说出来。但我知道。有一次，香翠对我说：以后我都不想开场子了。我说：给赌博提供场所，违反《治安管理处罚条例》。香翠说：我倒不是说这个，哪个村不赌博呢？我说：不开场子，从你嘴巴里说出来，不容易。香翠说：你以为我是什么人呀，我跟你算，靠赌博吃饭的人，谁有钱？都是这里借那里借的，衣着光鲜有什么用，又不是做小姐，哪一年，村里人赌赢过呢？专赌的人，今天输明天来，一直要把这些钱绞尽了，才摆手歇作。村里呢，好几个人，过了元宵出门，坐车的钱都没，死赌的，场子放在这里，赌输了的，想扳本，开了口借钱，我哪好意思不借呢，总要借出八百一千的。就说廿棒吧，都欠我一万多了，他不说不还，有钱又去赌，又天天来，我取债都开不了口。我说：不赌博，你店里生意都不好做，冷清。香翠说：是呀，道长也是这个意思，可有场子，划不来，都借出三万多了，一进一出等于零。我说：闲着也是闲着，一个小店至少能保一家人开支。香翠说：老弟呀，你看看道长，看见专赌的人，比见了岳丈还亲，还叫我烧饭给他们吃，我越烧越气。

我两个小侄子，二十来岁，正月里，也基本上坐在小店屋檐下打炸弹，没打火机了，叫：“道长，拿个打火机来。”没水喝

院子不远，便是饶北河，河风凉幽幽送来，也送来河岸植物的香气。道长也躺在椅子上，打赤膊，把大褂挂在竹杈上。天慢慢暗下去，灵山在暗光中消失。

了，叫：“道长，拿瓶水来。”我发现几次了，回到家，我便对小侄子说：你怎么也“道长、道长”地叫，他是你们老师，你们应该叫吴老师，不叫老师，也要叫伯，一点教养都没有。侄子说：别人也都这样叫。我说：那是别人的事。侄子说：叫吴老师，叫不出口。

暑假了，我带着小孩回枫林住几天，吃了晚饭，我也爱去小店走走，在他院子，架起脚，躺在椅子上，乘凉。他院子特别凉爽。院子不远，便是饶北河，河风凉幽幽送来，也送来河岸植物的香气。道长也躺在椅子上，打赤膊，把大褂挂在竹杈上。天慢慢暗下去，灵山在暗光中消失。我说：吴老师，大家叫你道长道长的，你原名叫什么我真不知道。他说：叫登升。我说：好名字呀，你父亲对你冀望很高。“冀望高有什么用，他教书一辈子，茅厕也没留一个给我，叫我怎么登升呢。”他说。我说：你父亲教过我历史，课上得好，是个读了很多书的人。

“他是读了很多书。教书要读那么多书干什么？”

“话不能这样说，好的老师影响人的一生。”

“我辜负我父亲了。说起来，我的名字还是有来历的。登升取意于《诗经·大雅·生民》：盛于豆，于豆于登，其香始升……”

两株金银花，去年种下的，如今已经爬满了院墙。没一会儿，和我说话的，叫登升的这个人，已经鼾声四起。

胸腔里的河流

天空爆裂，嘭的一声，雨水霹雳般砸下来。初春三月，阴霾千里，（厚重的，让人伤感的，针刺般的，黏稠的）出现在乡村葬礼中的唢呐声，从远处传来，有淹没感，有泥浆混合的土腥味。这些都是我熟悉的——送行人扎的是白头巾，萝卜戴的是蓝头巾，女孩围的是红头巾。（许多年以后，我的皮肤松弛，一卷卷地耷拉下来，我躺在摇椅上，阳光像终年的积雪，压迫着我微微冰凉的额头，植物腐败的气息和我的命运相似，我会重新听到体内河流的呼啸。这样的呼啸，仿佛从我出生开始，未曾停歇。我怀抱的双手空无一物）河边送葬的队伍隐隐地没入陡坡，只见一片白头巾在风中吹动，吹动，哗哗哗。唢呐声咕咕咕，长出茸毛，松毛虫一样让人又痛又痒。

是的，告别已经提前到来，饶北河的汛期没来之前，沿路的经幡已然被风吹散。泛青的雨水，提着湿湿的裤脚，从山边，从屋檐，从白菜敞开的叶面上，踮着脚尖走路。风吹到哪儿，它走到哪儿。它清瘦的身子显得弱不禁风，但更楚楚动人。远远地看，河边的人影和雨滴一般大小。或者说，一粒雨滴掩埋一个人。

“唢呐号叫起来，叫魂一样。”黑皮坐在门槛边的板凳上，看着河边说，“死人和雨天一样纠缠人。”他嘴角上的纸烟早没了火星，只留了海绵蒂。他是个瘸子，鼻梁上有一条指甲缝宽的刀疤。他和我同庚，今年四十岁。“其实，活人比死人更纠缠人。”他又自言自语地补了一句。

“兰花，你说说，我的黑皮是让他学打铁还是学做篾匠？”月巾大嫂问我妈。她们在饶北河的埠头上洗菜。“打铁费力，做篾难坐，各有各苦。打铁挣钱，做篾挣吃，各有各好。”我妈说。

十四岁那年，黑皮成了村头铁匠铺的小徒弟。但他不爱打铁。他妈手上捏着荆条，追着他屁股打：“你不去打铁，你去河里摸鱼吃，省下粮食算积德。”黑皮去铁匠铺，光着脚板，一手拉着裤子一手摸着红肿的脸。“等我大了，我要收拾你。”他说得咬牙切齿。他比我和金器都长得壮实，圆腰厚背。金器说：以后我打柴刀，你可不能收我钱呀。

铁匠铺在村头，是一间小泥屋，一扇小门用藤条圈了个门环，没人的时候，门环扣在铁栓上。窗户低开，饶北河在下面哗哗流淌。师傅是一个六十来岁的老头，每天太阳没下山，他就种菜去。我们把火炉烧起来，木炭一把把地捧下去，把土豆和红薯煨在木炭里。木炭燃烧时把松木的清香重新传送出来，干燥而略带刺鼻的空气让我痴迷。我们把废旧的镰刀从阁楼里翻出来，打成小刀；把秤钩解下来，打成铁钩。猩红的铁屑，在我们很小的力气里，闪闪飞溅。炭火噼噼啪啪。在冬天，我们用铁钩套一个半熟的红薯，扔在铁铺门口，我们躲在门后，手中的绳子拽着铁钩。狗把红薯叼进嘴巴，我们用力一拉绳子，狗被钩住了。黑皮用铁锤对着狗的鼻梁打下去，三下两下，狗就没了声音。

黑皮学打铁的第二年春天，金器的父亲死了。他是吃泥鳅吃死的。木匠黄毛对金器的父亲说：钵头，你生吃一条泥鳅，我给你五十斤谷。钵头像一根枣树干，又瘦又硬，穿着油乎乎的棉袄，说：那我吃三条呢。黄毛说：泥鳅要小指粗，吃一条五十斤，两条八十斤，三条一百斤，我说话算话。钵头从田里掏了几个洞，掏出三条泥鳅。黄毛说，规矩要说说，不能咀嚼，只能生吞。钵头喝了半碗白酒，漱了漱口，说：有点醋喝更好。他提起一根泥鳅，抖了抖：五十斤谷啊，靠你啦。他的手指像火钳，夹住泥鳅，头往后一仰，嘴巴张得碗大，把泥鳅扔了进去。钵头用手来来回回地摸了几下胸口，说：泥鳅的味道都没尝到，可惜可惜，五十斤谷子也到了肚子里了。他又仰起头，塞进一条泥鳅，喉结鼓了起来，又瘪下去。他捏捏喉结，说：我还种什么田啊，一个月吃两次泥鳅就可以养家啦。说完，他的嘴巴里噗的一声，喷出一摊红血。大家把他抬到他家里，他已经不省人事。他的嘴巴一直淌着血，沿着脖子而下，棉袄的襟前猩红一片。村里几个老人给钵头又是灌艾水又是灌陈醋，没折腾到半夜，钵头没了气息。黄毛给钵头家秤了两百斤谷，说：算是给老哥度春荒吧。

岸边的桑苗一垄垄地铺展，一夜一个翻身，桑叶又肥了一圈。母亲腾出一间厢房，架起篾垫，地上铺了一层石灰，对我说：“养蚕一年下来，还不够你上学的钱呢。”春天的雨丝宛如纺车上的纱线，一轴一轴，日日夜夜都纺不完。冷峭的春寒，绵长，悠远。田还没有翻耕，红花草妍妍的，蜜蜂嗡嗡嗡，转暖的

铁匠铺在村头，是一间小泥屋，一扇小门用藤条圈了个门环，没人的时候，门环扣在铁栓上。窗户低开，饶北河在下面哗哗流淌。

气象不日到来。油油的桑园，它密密匝匝的幽绿使整个春天变得黏糊糊，它以静谧阔远的气势让大地安静下来，仿佛只有它淼淼的汹涌才能呼应饶北河的汛期。

我要走七里的土公路去中学上学。高处是灵山，峻峭壁立，环形的山峦抹上一层青黛色。从山梁往下看，河边的盆地像一个水桶。谷雨时节，稻田已全部翻耕，阡陌交错，泱泱水田粘贴着天空和远山的倒影——豆腐花一样的白云，瓦蓝的苍穹，小尖帽一样的山脊。阡陌上有白色、黄色、金色的野花。饶北河和煦的风吹来，泱泱水田布满细细的纹理，野花摇曳，公路边的杨柳也随之摇摆。我提着一个大竹篮，随母亲一起采桑叶。桑苗比人更高一些，我们用镰刀把新枝割下来，一叠叠地码在篮子里。桑叶相互磕碰的声音在耳边交织，沙沙沙沙沙沙，青涩恬淡的植物气息进入每一个毛孔。母亲重重的咳嗽声，在桑苗之间传递。母亲一生被肺热所折磨。

埠头，桑葚成串成串地从高大的桑树上披挂下来。雨水适时地停歇，河堤上的芦苇抽筋一般疯长，哗哗哗，它绿起来的声音让人怦然心动。草皮上粘结的地皮菇旺盛地生育，不分昼夜。桑葚臃肿着身子，蜷曲在叶片下面，颗粒暴涨，转红，转紫，变得炭黑。灰雀叽叽喳喳，从这一枝跳到那一枝。

金器天天上山砍柴，他把成捆成捆的灌木条卖给我父亲的砖瓦场。他最多的一天能卖两块多钱。他比我大一岁，穿一双破旧的雨鞋，唧呱唧呱地走路，脚凹绑一根麻绳，脚趾头露出来，黑黑的。即使是夏天，他也缩紧身子，一副很冷的样子，清清的鼻涕盘结在上唇。我们吃饭的时候，他就坐在我家的柚子树下，拿出烟杆，点一根黄纸芯，抽旱烟。他抽一口，咳两下。烟杆是钵头留给他的。我妈盛一碗饭给他。他说：我妈手脚慢，饭还没烧好，我回家吃。我妈知道他家短米少粮，说：先吃一碗垫垫肚子吧。有一次，我家做豆腐，金器妈看见我妈用豆腐渣喂猪，她连忙挑来一担白菜叶，对我妈说："兰花，我用白菜叶给你换豆腐渣吧，豆腐渣煮饭可是好料呀。"我妈知道我和黑皮、金器玩得好，把我一些旧衣服整理好，送给金器。金器个头比我高，他穿我的裤子会露出半截小腿，到了冬天，他妈给他缝一圈布片。

到了春荒，金器妈揣一个畚斗，一家一户去借米，借了一圈下来，畚斗还是空的。她坐在我家的厅堂，一手抱着畚斗，一边沉默地看着我母亲。她的头发在钵头没死之前，已经半白了，用一根布条扎着。她的头发又粗又多，把她圆圆的脸都遮了半边。我爸从梁上取下一只箩筐，给她一筐谷，说，金器砍柴的钱算是预支吧，不够粮了就来，我们不能空着肚子做事，吃饭是我们最大的事。到了年冬，金器妈把鸭子杀好，料理干净，送给我妈，说："一年三个月的粮荒，总算度过了，来年的粮荒还靠你呢。"我妈就送给她几斤盐、几块凤凰牌肥皂。

十六岁那年，我去县城上学。暑期过于漫长，我憋得心慌。黑皮铁匠铺里的生意并不好，我跟黑皮说：叫上金器，我们去打白眉豺吧。黑皮拿出两个铁套，一根棕绳，说：还要一只活鸡呢。

波浪形的山峦，在灵山的北部挤压出一条夹缝，山泉汇聚，有了饶北河。山上，麂子、锦鸡、豺特别多。豺的眉毛是白色的，尾巴长得拖地。我们叫白眉豺。夏天的时候，晒场上，晒着新出的稻谷，饱满的谷粒闪闪地耀眼，看上一眼，让人觉得格外温暖。鸡在晒场上偷谷吃。我拿一根竹竿，追着鸡跑。鸡扑棱棱地四处乱飞。我回到家门口，鸡又悠闲地偷吃，啄几下，抬起头看看，又啄几下。通常在午后，白眉豺从山脊上，狂奔而下，纵身而跃，一道闪电一般，跑到晒场，叼着鸡就跑。我喊：“白眉豺来了，白眉豺来了！”我父亲拿起扁担赶来，豺已经没了踪影。我父亲狠狠地说：该死的，每年要给它养几只鸡，总有一天我吊死它。

黑皮从吊眼鸭佬的鸭棚里偷出一只鸭，掖在帆布包里。金器端一把锄头，腰上扎一把柴刀，我们往山崖走。山崖在山梁上，有一个幽深的洞。我们从没进过洞里。据村里人说，洞里有许多巨大的蝙蝠，叽叽吱吱，叫得人毛骨悚然。洞里还有乌春鸟，全身发黑，眼睛发射蓝色的光。女人腰酸胸闷，吃上一只这样的乌春，第二天就好。洞口外面是红薯地，畦边上的芭茅迎风摇曳。金器在芭茅丛里，挖两个小坑，把铁套固定好，铁套扎一根棕绳，另一个绳头固定在油茶上，再挖一个大坑，竖一个木桩，把鸭翅绑在木桩上。黑皮看着铁套上两排锋利的牙齿，说，不知道是狗肉好吃还是豺肉好吃，喝上两碗高粱酒，真是来劲。

回来的路上，金器一直问我：“白眉豺会不会知道鸭子在坑里呢？”黑皮也问：“鸭子被黄鼠狼吃了咋办？”第二天我们去山崖上看，鸭子还在，病恹恹地耷拉着头，一副死到临头的样子。我说，鸭子没有水喝会渴死，我们给它喝些水。我们找来找去，也找不到盛水的东西。黑皮说，金器，把你的鞋子当碗用，在这里放一夜，明天拿回去。金器说，我就这一双鞋子，我宁愿走八里路回家拿碗来。黑皮说，那就用我的鞋子吧，打赤脚走路凉快呢。第三天我们再去看，鸭子没了，铁套也没了，只有油茶树上留下一截绳头。地上凌乱地散了鸭毛，血迹斑斑，已完全污黑。黑皮说，做了一次贼，鸭子却给白眉豺吃了，不如自己吃。

方圆十几公里的山冈，没有哪一个不熟。黑皮的父亲凉水手里拿着一个罗盘，背一个米黄色的布袋，每天早早地出门。他是个风水先生，痴迷于饶北河流域的层层山峦。他有一本自制的图画本，每看到一座特异的山冈，他便画下来，晚上，再把图画本翻开，一页一页地细细阅读。在昏暗的油灯下，凉水还把阅读心得写成文字。他的毛笔有些枯败，笔毛开叉，他写不了几个字，把笔尖放在唇上舔吮一下。有几次，他对我父亲说：饶北河边出不了大人物，你看看，山高地窄，视野不开阔，这种地方出来的人没有大气象。我父亲说：这地方好，没有水灾也没有旱灾，适合种粮。凉水说：我看了十几年的山水，景岭岗最适合葬人，土质干燥，前临水后靠山，有胸怀，我以后就葬那儿。

最终凉水葬哪儿谁也不知道，在黑皮学打铁的第三年，凉水背一个布袋出门，再也没有回来。村里派了几十个人在周围的山上找人，一个村一个村地问，都没有凉水的下落。他的去向成谜。

黑皮长得石墩一样，打个赤膊，裤带上挂满了自己打的小刀，叮叮当当。过了几年，他和村里一个老师的女儿木槿好上了。老师是个古板的人，死活也不让女儿嫁给这个浑身黝黑的人，说："力气大有什么用呢？两斤米撑死他。他的房子只有我的牛栏大，等到他有出息了，还不知道是哪一辈子的事呢。"月巾嫂托了许多人去说媒，都被回绝。木槿出嫁的那天，黑皮拿着刀去找接亲的人拼命，大家拖都拖不住，结果黑皮的鼻梁上被砍了一刀。

“人穷怎么会这样呢？”月巾大嫂有了自言自语的习惯，她一个人走路，嘴唇会轻轻磕碰，鼻梁两边总有揩不干净的泪水流过的痕迹。她不时地用手触眼睛，好像眼睛里有擦拭不出来的灰尘。没过几年，她的眼睛看不见路了，蒙着一层白色的翳。

鳏夫单眼找到我妈，说：钵头死了五年了，金蓝也该找一个了，男人是女人防老用的棉絮，你给我说合说合。单眼是个很本分的人，读过高中，是个外来移民，会说俄语，只是全村没一个人听懂。我妈说了几次，金蓝也同意了。单眼挑了一箩筐的物什来到金器家，做了上门夫婿。

金器卖柴的钱，单眼都积攒下来，放在枕头套里。金蓝几次对我妈说：金器怎么都不和女人相好呢？我妈说：婚姻没通吧，婚姻通老婆找老公，我儿子也没相好呢。金蓝笑了起来，老母鸡一样，咯咯咯，眼睛眯成一条缝。可金器到了三十岁也没相好，村里没人看得上，都说金器太瘦弱，大字不识一箩筐，除了砍柴就没一样拿得上手，人总不能一辈子砍柴吧。有一年，村里来了一个说普通话的中年男人，听不出哪儿的口音，找到单眼，说他有一个远房亲戚，是贵州人，只要八千块钱就可以成婚。单眼说，八千块可以买二十头牛呢。

卖了两头猪、半谷仓的谷，东拼西凑地集了六千块钱，单眼对外地人说，先看看女人再付钱吧。第二天，贵州女人来了。这个说话谁也听不懂的女人，高高大大，南瓜脸，穿一身土布衣服，用很大的汤碗盛饭吃，只吃饭不吃菜。单眼答应了，还请裁缝师傅给她做了一身衣服。

过了两年，贵州女人能说一些简单的本地话，还生了一个白白胖胖的儿子。但村里人都说这个儿子不是金器的，是杀猪佬八头生的。贵州女人来金器家不到半年，和杀猪佬勾搭上了。木匠黄毛说，在河边西瓜地，有一个废弃的茅棚，一次，他到河里网鱼，看见贵州女人和杀猪佬在茅棚里干那种事。八头几次找到黄毛，说："你破坏我的名声可以，可金器是老实人，你这样说是欺负他。"黄毛从板凳上跳起来，说："你敢说你没有和人媾和？那好，我们对着太阳发誓，谁撒谎谁被河水淹死。"八头霜打了菜叶一般，蔫了。

小泥屋还在，桑树还在。铁匠铺没了，桑树空留枝丫。打铁的老头死了好几年啦，黑皮早荒废了手艺，只是铁锭还牢牢地插在地上。咚咚咚的大锤声、扑哧哧的热铁淬火声、轰轰轰拉风箱的声音，似乎并没有飘远，在冷寂昏暗的时间里，积淀了一层灰尘。只要把这里打扫干净，一切又会回来。黑皮一直单身，有些人给他说媒，说：你这人仗义，做事也灵巧，怎么不订门亲事呢？黑皮傻傻地笑。大家都知道黑皮心里的想法，但怎么可能走回头路呢？何况木槿的小孩都十几岁了。黑皮整天骑一辆摩托车改装成的小货车，拉啤酒拉食用油拉肥料拉杀虫剂走村串户地卖。需要货物的人，只要给他一个电话，他就突突突地送货上门。他做了一栋新房子，白墙红瓦，可就他和他娘住着。月巾大嫂说：没个暖心的女人要房子干吗？有一天黑皮送货，夜里回来，又喝了小酒，从桥上摔倒在河里，右腿粉碎性骨折，从此落下脚疾，走路一瘸一瘸，像个艄公撑船。

每年我都会回小村枫林住几天。我父母大人都已年过七十岁，他们的身子像秋天的荷叶，一天天紧缩下去。尤其我的母亲，身子都佝偻了，和风干的柿子没两样。每次回去，母亲都会说一些村里的事情给我听，谁故去了，谁到了四十岁还没有成婚，谁家过年连五块钱的剃头钱也给不上，谁家的孩子出门打工已经是第八年没有回来了。我听了心里发慌。

有一次，我去上班，在市中心广场的路头，看见一个人坐在板车的扶手上，吸着纸烟，一只手捏着一卷棕绳，脸门窄窄的，额头突出来，头发盘结，穿厚厚的棉花袄。这不是金器吗？我叫了他，他抬起脸，看见我，忙着掏裤袋，摸出一包皱巴巴的烟，掏出一根，又塞回去，说：这样的烟你是不抽的。我说：你什么时候来市里干活的？他说：来市里半年了，拉板车搬货，一天也能挣三四十块钱，还不受气呢。我除了力气，也干不来其他活。他的手皲裂得厉害，松树皮一样，指关节有粗粗的裂缝。我把皮手套给他，说：不干活的时候穿穿，不要冻坏了。他把手抄进袖筒里，说：不冷不冷。

相仿的南方

饶北河，在村前呈弧形的饶北河，它的南岸是一片树林，穿过林子，翻过河堤，是一片西瓜地。初夏，葱绿的宽阔的黏黏的风，舔着我们的脸颊，那样潮湿、温热，给人抚慰。豌豆花在田垄上盛开，小朵小朵，粉细的白。蜻蜓欲飞欲停。我热爱这种有着生活气息的自然之美。不远处的菜地，搭在架子上生长的是丝瓜，爬在矮墙上开花的是冬瓜，趴在泥坑里午睡的是马荠菡，站在池塘中央打把小伞的是莲藕。那是辣椒，这是茄子，梳着小辫子的是长子豆，长着胡须的是玉米。它们是我味蕾故乡里的故人。母亲把米泡在水里，泡一炷香的时间，再用石磨磨成米浆。米浆在热锅里边搅边熬，直至成糊，再把糊搓成黄瓜状的糊坯。一家人坐在桌边，把糊坯捏成灯盏碟的形状，把切好的笋丝、咸肉丁、豆芽、腌菜、辣椒干、豆干，包进碟状的皮里，放在蒸笼里蒸。这就是灯盏馃。年迈的祖父能吃三大碗。祖母吃一碗，私下还要藏一碗，留到第二天吃。做灯盏馃耗费时间，只有做不了农事的阴雨天，才会做。糊坯还可以做饭麸馃，把坯切成薄片，或揉成丸子，在大火里煮上一盏茶的时间，放进咸肉、豌豆、豆芽、香菇、目鱼丝和调料，煮得汤有些黏稠，就可以上锅了。那时的家境不好，只有豌豆采摘时，才可以吃上几次。若是清明或立夏这天，米浆不需要熬，调碱，加糖，直接蒸糕吃。用竹篾蒸笼放在沸水里，笼底铺上纱布，把米浆浇上去，蒸熟，再浇，再蒸，再浇，蒸上十八层。蒸出来的糕，用麻线拉切成块，白口吃，口感绵甜。不加糖的糕，可以煮丝瓜吃，溜滑，滚烫，既可以当菜吃，也可以当主食。

荆条花凋谢，叶子一片一片地跃上枝头。岸边的芦苇也完全茂盛起来。天空浑圆，有沉甸甸的下坠感。宽阔的水面有风的纹理，斜斜的，波动的，刻出天空的图案。白鹭在浅水滩觅食。它长长的脚，支撑着一团厚厚的积雪。白鹭在开春时就来了。同它一起来的还有惊雷，拖着火焰长长的尾巴，翻着跟斗，从山尖滚落到我家的屋檐。暮色的屋檐，雨水披挂，像一道帘子。嘎、嘎、嘎，白鹭在呼朋唤友。从这块田飞到另一块田，从樟树飞到洋槐，它宽大的翅膀从我们的头上掠过，仿佛天空有轻微的晃动。牛筋草钻出毛茸茸的小脑袋，泥鳅在水坑里扭着小圆腰，鸡冠花亮开嗓子唱歌。田沟里，地垄上，四处跳着青蛙。南瓜蔓一夜长出细长的须，蜷曲在瓜架上。水坑里，泥鳅和蝌蚪成群结队地游，小鲫鱼啪啪啪地拍打水面，溅起水花。枯草翻个身子转青。空气是潮湿的，草地上到处都是地皮菇，薄薄的，青柚色，牛屎一样粘结在一起。后院的桃花落了一地，像个病恹恹的女子，经不起一点风吹雨打。雨先是一丝一丝的，没有响声，也没有雨势，恍恍惚惚地飘游而来，地上的粉尘像糖芝麻一样粘合，瓦开始发亮，映出天空的光色。天暗合下来，阴霾的云层里撕开一条缝，哗啦啦地掉下身子扭动的蓝色火苗，隆隆隆，啪，重金属碰击的声音像火炮炸响。哗哗哗，雨点颗粒般砸下来。雨势从山坳转个身，来到村里，斜斜的，透亮的，啪啪作响，水浪一样压来。瓦垄上，水珠跳来跳去，叮叮当当，水流喷射，形成水柱。墙头的狗尾巴草，耷拉着脑袋，一副打死也不还手的样子。水田白汪汪的一片。河汊，水沟，石板路，淌黄黄的泥浆水。白鹭缩在樟树的树杈上，用长喙梳洗羽毛。鲤鱼在河里翻腾跳跃。喧哗的春天，它要把大地重新装扮一番。

桃花汛后，鄱阳湖的鱼群经信江，游到了饶北河。鱼有时多得乌黑黑一片。我们在河床的凹处，架一个漏子用竹片编织的长方形筛子，水落在漏子上，鱼也落在漏子上。鱼在漏子上，跳来跳去，弯曲着身子，直至筋疲力尽。鱼有穿条鬼、棍子鱼、红光头、鲫鱼、上军、乌青，这些鱼爱戏水，精力充沛。白鹭则觅食小鱼小虾，把嘴伸进水里，嘟嘟嘟，头抬起来，甩动脖子，脖子变粗，鼓起来，翅膀轻轻拍几下。它是那样满足，三五成群，不时地交头接耳，偶尔仰天嘎的一声，飞到另一片浅滩去了。它是那样优雅，光洁溜滑的脊背、被风扬起的刘海、因急促的呼吸而波动的胸脯，像个乡村牧师。是的，这就是鱼群搅动起来的饶北河。它是如此性感。西瓜藤匍匐在沙地上，正开出嫩黄的花。傍晚时分，淡淡的雾气从河边漫过来，潮湿，模糊，野鸭呱呱呱的叫声也漫过来。假如在暗夜，有一个人撑着乌篷船，拐过弧形的弯道，在埠头的柳树下做长夜的停留，那么，我相信他和我有同样的愿望——都想成为河流寂寞的聆听者。缓缓地，寂寥地，一丝一丝渗入心房的水声，会在一个人心中长久地回响。而那样的暗夜，仿佛是水声的储藏器。田野里的野花与水声呼应，仿佛它们并不孤单，它们会在某一瞬间，相互拥抱在一起，交流彼此的气息。星辰高远，稀落的光芒使苍穹像一个突兀的悬崖。我们的头顶之上，是什么，我们的大地之下，又是什么。夜风从我们的肩膀滑落，一只水鸟啾啾地飞离枝头，那么快，只有水面留下它翅膀的痕迹。整个村庄虚在白光里，人也虚在白光里。我不知道那个与我有着同样愿望的人，心里会想些什么。或许他想起当年他的弟弟，与他一起在河里捕鱼，那时的鱼更大，用石头也能砸到鱼。他们一起下网，一起收鱼。他的父亲临终时，把弟弟托付给他。他弟弟在十八岁结婚之后的第七天，暴病而死。或许他想起了扔在石灰窑坑里的妻子，躺在木梯上，眼睛还没有完全闭合。或许他什么也没想，心静如水，时间把所有的怨恨和伤痛，都进行了彻底的改写或修复。

撑乌篷船的人，是一个捕鱼人。船上有浓烈的谷酒、网具、一件棉大衣、一条被褥、一个鼓鼓的汽车内胎、一个圆桶。他把圆桶嵌进汽车内胎，人坐进去，在河岸边布网。无数个夜晚，我来到他的船上。他用宽厚的手，摸着我的头。他穿对襟衣褂，白色的。他的脚像女人一样小巧。他略有扁塌的鼻子，在酣睡时会发出冗长的鼻音。他喜欢抱着我睡觉，他把温热的酒气哈在我脸上。夜晚是冷寂的，河水一样漫长。他就是我的祖父。桃花汛后，他就去河里捕鱼。即使是夜晚，他也头戴斗笠，手握渔叉，站在船头。田野和瓜地里的青草气味，被风送来，馥郁，恬美，惺忪。我能听到大地翻身的声音，窸窸窣窣，虫咕咕咕地鸣。而饶北河的睡姿是那样优美，裸露的肌肤有月光的皎洁。饶北河轻微的鼾声不但没有把寂静的村庄吵醒，反而使它睡得更沉。月光大朵大朵地落下来，和雾气交织在一起，弥眼而去，白茫茫的一片。

天哗哗哗地亮了，河滩上飘来少女的歌声。唱歌少女是个养鸭姑娘。她用一根长竹梢，背一个稗谷袋，穿高筒雨靴，把一群鸭子往河里赶。她没有读过书，却会唱许多歌。我们也不知道她是从哪里学来的。她父亲个头矮小，开春时就打赤膊，油黑的背脊抹了油一样，雨滴打下去，溜溜地滑。她有两条很长的辫子，但她不让辫子垂下来，而是盘在头上。辫子上插着花，有木槿花，有月季，有百合，有柚子花，没有花的时候，也插几支长着芽孢的桃枝。茶花有十八九岁，月牙形的脸，满口石榴牙。天开亮，她就坐在沙滩唱情歌。她的情歌让整条河流生动起来。虽然那是寂寞的歌谣。我们都迷惑于她，仿佛她是饶北河的化身。

“在许多个夜晚，我反复梦见一条河流。”我曾经这样说过。是的。被我梦见的还有圆月、河边的美人、在山顶上燃烧的落日、田埂上灿烂的葵花、繁忙的埠头。饶北河上空成群的白鹭，斜斜地飞过。母亲在埠头洗衣。父亲在埠头挑水。我背一个鱼篓，跟在祖父的身后，到竹漏子上捡拾肥鱼。河湾苍茫，树林遮掩了对岸的村庄。炊烟从树林背后的野地里，淡淡地升起，慢慢扩散，与河边的雾岚融为一体。牛哞一声长一声短，燕雀从枝头上惊飞。傍晚的霞色，渐渐收合，直至澄明一片，村庄淡淡地隐没，浓缩，墨滴一样凝固在暮色里。昏暗的灯渐次亮起，屋顶渐次模糊，人声渐次寂寥。大路上，饭后的人坐在长条凳子上，摇一把麦秸扇，看月亮从古城山浮出来。黧黑的后山也浮出来。夜

“在许多个夜晚，我反复梦见一条河流。”我曾经这样说过。是的。被我梦见的还有圆月、河边的美人、在山顶上燃烧的落日、田埂上灿烂的葵花、繁忙的埠头。

晚来了。一天就这样过去了。无数一天中的一天就这样过去了。时间是个恒量，一天是个变量。人以减数的方式，进入时间，或者说，人都生活在倒计时里。但这又有什么值得紧迫呢？又有什么值得我们放弃从容呢？

饶北河，江南河流中的一条小河，一个不被人传颂的名词，它途径一个村庄时，与一个气质相仿的人相遇，它赋予他美学，赋予他习性，赋予他生死相爱。或许，记忆都是过于美好的。现在的饶北河，已经完全污浊，河水像米汤。河水会使人浑身发痒，长出红红的皮疹，溃烂、漫延。河里的鱼很少，只有指头一般大。在五年前，饶北河上游的望仙乡，大力开发石材，磨浮的废水不经过任何处理，直接排到河里，石材的白色粉尘，沿河床沉淀下来。河鳗、鳜鱼，已经绝迹。河獭更是灭绝无踪。沙滩被挖沙机掏得鸡零狗碎，像一具被野狗掏出内脏的抛尸。大片的树林只留下树蔸。枫林作为一个村子，它的灵魂已经死去——假如河流是村子的灵魂的话。

生活在河边的人，远离了河流。

黑夜方程式

对于一个失眠者来说，黑夜是一个深渊。他像一个迷失于路途的人，他的行踪没有方向。他的神情焦虑，脸上布满沮丧晦暗的痕迹。黑夜张开巨大的翅膀，带着他无边无际地飞翔，飞翔，忽而高忽而低，星辰从他的耳际掠过。

前几年，我经常处于失眠状态。我害怕黑夜的来临，它的到来意味着我完全孤立无援——溺于水中，无力上岸，又无人救援。晚上十点，小孩和爱人都睡了，我开始了与黑夜的搏斗。我在单人床上睡一个小时，又把被子和枕头移到沙发小睡。睡觉的时候，我双腿伸直，右手盖在自己的肚脐眼上，均匀地深呼吸，微微地合眼，心绪会平静下来。我试图以此尽早地进入休息状态。我用固定的枕头，即使是冬天，也盖很薄的被子。我不允许我的睡眠空间有一丝亮光和声响，窗帘拉得严严实实，门窗关死。在我睡觉的时候，自来水的水龙头哪怕有一滴滴水声，我也会惊醒。准确地说，我只是合眼躺在床上，还不曾入眠。我经常凌晨一个人在客厅踱步，直至天亮。

我是一个看不到日出的人。天发白，清洁工扫大街的声音，有节奏地传来，沙，沙，沙。这时我迷迷糊糊地入睡。早上九点，我起床穿衣，到了办公室，我仍然一脸倦意和茫然，似乎还在回味短暂的睡眠，似乎安榻才是简朴的天堂。在很长的时间里，我的内心被黑夜包围，我屈服于它的漫长和围困。

记忆中的黑夜是那般美妙，手轻轻抚摸过去，有棉花的质感，柔软温暖，在指间萦绕不散。少年时的乡间还没有通电，我和妹妹围着小桌做作业。豆亮的煤油灯扑闪扑闪地跳跃，昏黄的灯光一圈一圈地翻出来。母亲坐在我们身边，脚边摆一个笸箩，针线放在上面。笸箩桐油的光泽与黑夜静谧的气质相吻合，它们的气息相互缠绕。母亲纳鞋垫，不时把针放在头皮上摩擦一下，吮一下线头。母亲不识字，灯光照在她的脸上，显得仁爱安详。每天母亲都陪着我们做作业。绰绰人影投射到墙壁上，成为少年记忆的剪影。那时母亲尚年轻，头发还没有斑白，脸上没有核桃的纹理，身子还没有佝偻，母亲均匀的呼吸在黑夜荡漾起波纹，在我耳边扩散、扩散，尔后沉积在我心里，形成琥珀。

黑夜，是母亲的另一张脸，是苍穹的一部分。它的线条呈弧形，瓦蓝的底色。它是我的另一个湖泊。我在乡间生活了十六年，我还没有被生活腐蚀。尤其在冬天，火盆上的炭火炽烈，外面下着大雪，父亲还在外面喝酒，母亲给我们做酱菜。火盆上盖一个篾筛，筛上是豆干、肥肠、猪肝、鱼片、芋头片，母亲把谷糠撒在炭火上，烟一团团地往上涌，熏得我们睁不开眼。这些菜至少要熏七天，香气弥漫，颜色转黄。母亲把茶油烧熟，抓一把辣椒壳、生姜、陈皮、大蒜下去，把熏熟的菜一层层地码在瓷缸里，再把熟油泡下去。酱菜和白菜、萝卜带领我们渡过来年的菜荒。我负责往灶膛里添柴火，把瓷缸洗净晾干。

一个耽于黑夜的人，必是一个内心丰满的人。黑夜带来了星辰，带来了神秘和高远。哥尼斯堡城头有一座铜碑，上面刻着智者康德的名言：有两样东西，我们愈经常、愈持久地加以思索，它们就愈是使心灵充满始终新鲜且有加无减的赞叹和敬畏，那就是：头上的星空和内心的道德法则。星空是黑夜灿烂的面容，万米高空洒下时间的尘埃。

在旷野，在山上，在屋顶，我们看到的星空都是不一样的。2007 年 10 月，和祝勇、庞培、陈蔚文等诸友在怀玉山顶聚会。有一日深夜，我们步出户外，陈蔚文惊叫起来："我从来没看过这样璀璨的夜空。"夜色不是黧黑的，而是银白，四野铺满白霜一般，星星咆哮出瓦蓝的海面，星光喷射，山峦倒伏在茫茫的寂静里。伸手可触的星辰，让我们有星空粘贴着脸庞的感觉，微微的凉，注入肌肤，渗透肺腑。是的，我也没看过这般澄澈的夜空，它是尘世之外的自然光泽。仰望着它，我们可以看见时间在缓缓地移动，它磅礴的力量了无痕迹。时间是液体的，它巨大的流动带来亿万年的星河。

但它的流动有时候是一种凝滞。我见识过这样的凝滞。在怀玉山之前的一个月，在新疆喀纳斯河畔，我经历的夜晚是黑如柏油。天空没有一丝缝隙，像被密闭在一个瓦罐里。我和江子、晓君、陈蔚文等在油毛毡搭建的小酒馆里吃羊肉，目睹了黑夜降临。天边的晚霞散开，被风吹成棉絮状，变灰，相互融合，变黑，形成团状，向峡谷压迫下来，冷冽的风显得干燥，针扎一样

是的，我也没看过这般澄澈的夜空，它是尘世之外的自然光泽。仰望着它，我们可以看见时间在缓缓地移动，它磅礴的力量了无痕迹。时间是液体的，它巨大的流动带来亿万年的星河。

刺入骨髓。黑夜来得特别迅速，高压锅里的羊肉还没有煮烂，外面已经伸手不见五指。夜色是黏稠的，处于胶着的状态。一切都是凝滞的，呼吸、时间、冰冻的北风，一切都是那样深不可测。仿佛命运不可掌握。

《圣经·旧约·创世纪》中写道：“上帝说要有光，于是就有了光。上帝认为光是好的，就把光和暗分开了，将光称为昼，将暗称为夜。从此也就有了早晨和晚上。”

地球围绕太阳的公转，形成了我们的昼与夜。这是天文学的诠释。但我们对黑夜的想象，似乎还秉承了原始初开的混沌。南极和北极有极昼和极夜的现象，假如我们生活在极昼或极夜里会怎样呢？假如我们生活在极昼里，那我想知道，人会选择在什么时间做爱？这样想似乎很庸俗。我是说，黑夜不是敞开式的，而是闭合式的。黑夜是一种（内在的，私密的，不可言说的）身体的言说。

在对黑夜的想象中，我们使用的修辞是极其匮乏的，几乎没有词语可以概括它。老鼠窸窸窣窣从墙洞里爬出来，到垃圾篓里觅食。蟑螂从不知哪个阴暗的角落里出来，聚集在灶台上。在小巷深处的按摩店门口，女人在拉客。蝙蝠从屋檐下的墙缝里，吱吱吱，扯开薄翅，从我们头顶盘旋而过。猫头鹰蹲在树丫上，眼睛射出绿光。一个故去的人躺在床上，身上盖着白布，亲眷围坐在全身冰凉的人周围，有的暗泣，有的对着烛光发呆。一个摸黑回家的人，心里有一股暖流，看见家里的灯亮着，他轻轻地吹起愉快的口哨。一个流连街头的人，他对黑夜一遍又一遍地诅咒，因为他缺乏拥抱。一个母亲彻夜辗转，等待去了远方的人回来，直至到老……一个天天上夜班的人，埋怨黑夜把自己的头发染白。坐在飞机上，看见下面的村庄像一堆炭火。……我是在纸上奔跑的人，只有跑道，却没有终点。一个鳏夫吃过晚饭，碗筷也不愿收拾，在村里游荡。在这个人家里坐几分钟，在那个人家里坐几分钟，家家户户都关灯了，他只好回到自己家里。猫在梁上跳来跳去，喵喵喵地叫得人心寒，他觉得他的家像一堆炉灰，他躺在床上，把村里的几个女人想了一遍，昏睡过去了，嘴角流着浓浓的口水。

古代的夜生活，和现在的夜生活应该有很大的不同。三五文人相聚月下，一壶老酒，对月而饮，击掌而歌。宫廷里夜夜笙歌，淫乱也将开始。另一处，可能正在密谋于室，枕戈待旦。荒野郊外，豆点灯光。现在的人更注重质感。城市的亮化，使黑夜多了暧昧、斑斓和绚丽。酒吧，歌厅，迪厅，电影院，茶吧，网吧，麻将房，成为黑夜的面具。“假如晚上没有麻将打，那我会发疯。你想想，只要在家坐上半个小时，不是腰痛就是脑痛。那是凌迟呀。”我的一个牌友说。没有特别的事情安排，他几乎天天打麻将。

黑夜使人回到庸俗化，而且庸俗得无可厚非。假如没有乐趣，那我们就去偷情吧。这也不足为怪。我的一个朋友，在这方面有异样的兴趣。他在步行街，逛了一家商场，又逛一家。他几乎不买东西，而是跟漂亮的女服务员聊天——手机店的，皮鞋店的，蛋糕店的，鲜花店的，服装店的，钟表店的，眼镜店的，没有他不熟的。他看见漂亮的服务员，就靠过去，佯装买东西的样子，东拉西扯地聊，聊了几十分钟，东西却一样也不买。我问他，你哪有这么充沛的精力，不累人吗？他说，白天是衣冠楚楚，晚上是衣冠禽兽。他和服务员说话，嘴角有一丝不易察觉的微笑。他处心积虑地想从服务员嘴里套出手机号码。

我很少晚上出去玩，不是我这个人自闭或清高，而是怕被打劫。我生活的城市，打劫事件时有发生。里弄小巷，宾馆门口，河边的情侣路，都是抢劫犯下手的好地方。前两年，有一群敲头帮出没，女子深夜回家，在小弄拐角，在楼梯口，冷不丁地挨上一闷棍，手提包就被抢走了。这还是幸运的，人没有大碍，有几个还摊上了脑震荡，其中一个，大脑严重受伤，成了植物人。那一年冬，有二十几个女子，受害于闷棍。也是前年冬，一个县里的林业局长在饭馆吃饭，中途去上卫生间，他一进门就被人用乱棍打倒，财物被洗劫一空，造成终身残疾。起初大家都以为是仇杀，不然怎么会在卫生间下手，还是在饭馆呢。后来警察破了案子，是打劫人干的。我遇过两次打劫的。1996 年秋，在检察院门口，和一个女子沿河边散步。三个小年轻从埠头冲出来，围着我，说：有钱借吗？我掏出皮夹子，说：晚上九点没到就开始行动啦，太早了吧，这里是三千块，你把我的身份证留下来就可以了。这是我第一次和这个女子约会，也是最后一次。1998 年夏天，我送一个朋友回郊区的家，路特别黑，中途，四个小年轻拦下了我坐的面包车，说：去国道等人。到了一家店门口，我和朋友下车了。我对朋友说，我走路送你回去，这几个人很可能是打劫的。朋友说，看起来也不凶神恶煞。我说，国道离这里没有三华里，一般人舍不得花钱打车去，我要报警。面包车开出几百米，就停了下来。隔了几分钟，警察就赶到了。我问警察：今天出警这么快，不像你们的作风啊。警察笑了起来，说：这条路经常发生抢劫事件，我们埋伏在路上呢。

那是一条黑色的河流，它滔滔而来，它的流动声使一切归于沉寂。黑夜隐匿了人影、树木、屋舍，而在稀薄的微光中，山峦、或隐或现的星辰、火把、窗下亲密的交谈，都一一浮出水面。我们对黑夜的热爱与生俱来，它是镜像的另一面，是白昼的倒影。

在患有失眠症的几年里，我曾经手足无措，无计可施。我站在窗前，看着六楼下的街道，喧哗完全退去，街灯稀稀落落地亮着。三轮车夫像一只乌鸦，缩在街角。捡拾易拉罐的老者，在我家楼道席地而睡。“饭麸馃两块钱一碗哦。”一个中年妇女挑一副货担，沿街吆喝。一对情侣相拥而过，在第七棵街树下接吻。一群年轻的男子追着一个穿夹克的男子，一阵暴打，几分钟后，警察来了，救护车来了，被打的男子已不能动弹，地上有一摊血。一个醉酒的人摔倒在地上，呼呼大睡，而他的摩托车轮还在飞速地旋转。对面楼顶上，一个自杀者纵身而跳。有一天，月亮圆圆的，像天空的银质印章，但地上没有月光。

我与黑夜达成了某种妥协，我从容地面对自己，自省每一天的生活。我甚至享受失眠的乐趣。翻看旧年的照片，整理书架，给阳台上的木槿花施肥换水，给自己写一封长信……

黑暗中的耳语

黑暗是在人群散去之后，从隐秘的甬道里漫溢出来的。从草坡旁的紫竹丛中，从合欢葳蕤的树冠上，从小山冈的枫树林里，夜色呈黏稠的滴液状，扩散在每一个角落。像一滴墨水，滴落在一杯清水中，氤氲开来。

在学校大门前有池塘，右边是菜地。我从塘坝弯向菜地，穿过一片樟树林，到了山坳的洼地。整个郊区的夜晚已无人声。校园里的灯光悬浮在半空中，像汪洋中星散的灯塔。夜晚是从池塘开始的，天还没暗下来，鱼群在水面上掀起啵啵啵的声浪，野鸭从芦苇丛里，呼地低飞，再没入水中。蜻蜓在荷叶上，忽停忽飞。一只鲤鱼跳起来，把蜻蜓吞食。鲤鱼，是一只蜕变的月亮，淡黄色。

这是一个县城的郊区。我的故乡在千里之外。县城犹如一只乌龟，静静地趴在长江的右岸。僻远的近似于乡间的县城，街上早已人迹寥寥。晚饭后，我在校园里走一圈，约半小时，再往池塘漫步。这是闲适时的功课之一。植物的气息遍布全身。四季的时蔬、矮墙上的苦竹、扎成篱笆的狗骨树、干燥的惺忪的泥土味，在半凹陷的迷蒙的星空下，混合交错，形成郊区静谧的安详。不远处，是一座低矮的山冈，灌木和阔叶乔木错落丛生，小村庄沿山边而建，隐隐约约的灯火在沙沙沙林间私语中，多出一份古朴，生出一份安好。

如果把半径拓展成一条直径，我会从村前的斜坡往废弃的砖瓦厂走。一条羊肠小道，路边匍匐着杂草，苍耳茂密地扭结，形成窝棚。废弃的取土之处，在小道下面衍变为鲫鱼跳跃的湖泊。人烟淡去，在树梢上与湖边雾气融为一体，渺渺、稀薄，最后的一笔写意在山梁隐没。我常去走访山边的人家。在月下的院子里，散一圈圈的纸烟，喝清苦的山茶，和邻坊人家像暌违已久的故人一样，说一些陈年旧事。院子一般种有木槿、枇杷、板栗，或芭蕉、杏树、桂花，屋后是密密的桂竹或柿子树。水井里，有潮湿的意蕴，井边的指甲花幽幽地开。随风涌来的，是长江湿润的青涩味道。

两只麻雀，从窗外飞了进来，叽叽喳喳，一蹦一跳。我的办公室有一扇窗户，窗户上方有一个小叶窗，麻雀从小叶窗钻了进来，愣头愣脑，扑在书橱上、空调柜机上、花架上，跳来跳去。我的办公室外是一条走廊，走廊墙壁上方的三角形夹角处，有一条管缝，麻雀在管缝两端，各垒了窝，细细的干茅草露出来。每年的四月，几只雏鸟从巢穴口，探出尖尖嫩黄的嘴，唧——唧——然而麻雀飞进我办公室，却鲜有。前天下午，我去卫生间的间隙，麻雀趁机进来啄食，在地板上，忽而东忽而西，忽而觅食忽而回望，似惊恐似惊喜。我转身进来，把门和小叶窗关上，麻雀在几个窗棂蹦来蹦去，偏歪着脑袋。我要把它们关几天，看看它们怎么办。第二天早上，麻雀不见了，怎么出去的呢，我百思不得其解。今天晚上，又进来两只。夜晚到了，鸟投林归巢，时间相对是准点的，可它们来我办公室干什么呢？是不是昨天那两只呢？

地上并无东西可吃。麻雀站在空调柜机上，啾啾啾。办公室有两钵兰花，是做绿化的朋友送的。我半个月浇一次水，放在走廊晒两天阳光，半年施小半碗油菜枯饼肥，兰花叶阔根粗，很是悦目。一钵放在书架上，一钵放在空调柜机上。麻雀就在花钵上，栖下来。

鸟有一定的趋光性，但晚上了，还来我办公室，是不曾见过的。十点钟，我准备回宿舍休息，麻雀扑棱棱，飞起来。可无出口可逃。我把灯关了，坐在沙发上，想看看鸟儿如何逃生。漆黑的房间里，我的走动已经使它们不安，朝窗户飞，嘣，撞下来，又飞。窗户，成了逃生出口的假象。麻雀看不到窗户有玻璃，透明的玻璃实施了障眼法。

校园里，有许多树，香樟、桂花、李子、板栗、梨、枇杷、桃等果树，还有柳、栾、枫、松、梅、含笑、合欢、忍冬、樱花、紫荆、银杏等树，鸟儿四处可见，尤以鹧鸪、乌春、麻雀、白头翁居多。也有野兔和黄鼬，在竹林里出没。秋冬季节，草结籽树结果，墙头上，树丫上，屋檐上，到处都是鸟儿，扑棱棱地飞来飞去，啄食嬉闹。第二食堂，差不多每天有鹧鸪进来，在地上啄食遗落的饭粒。三只五只，趴在学生的脚底下，吃一下，看一下人，深绿的眼吧嗒吧嗒地翻动眼睛。甚至还站在桌子上，冷不丁地从学生碗里叼食。有几只鸟，常年都在食堂，赶也赶不走，在户外晃悠一会儿，又回来。在食堂边的小山冈上，有好几个鸟巢，建在野柿子树上，或灌木丛里。误入我办公室的麻雀是迷途还是想另行打窝呢？事实上，我这儿除了开水，什么吃的也没有，打窝的洞穴更没有。也或许是窗外气温会低些，我这儿较为温暖。它们不知道，我这儿反倒成了囚室。天空的使者，成了迷途者。我把门打开，它们忽地飞出，啾——啾——啾——不知它们会在哪儿过夜。我怔怔地看着窗外，学生已经安睡，淡淡的灯光在草地上铺了鹅黄色的光晕，露水悄悄地在草尖上凝结。

四月五月，九月十月，这里的气候是非常宜人的，气温一般在二十度。谷雨过后，围墙下上百株的蔷薇全开花了，大朵的殷红娇艳，小朵的粉白羞涩，一层一层往上举起夏季的凉帽。毗邻的茶花，哇的一下，覆盖了昨夜的小雨声。山冈上，连片的一百株桃树和一百株梨树，成团的香气抱在一起，它们像一群穿花衣的小学生，坐在地头无忧无虑地唱歌。可我还是偏爱深秋多一些，色彩斑驳，空气里的青涩不那么黏糊糊。草枯黄，枫叶晚霞一般飘动，落叶的竹子更显遒劲刚硬，看起来有点像魏碑体。夜晚也更澄明，月光有些寒凉。

和城里的月光不一样。我会想起长江，在圆月的时候。长江绕城而过，阔大的圆弧像圆月。它的下游是我的故土。长江进入鄱阳湖之际，与我母亲饮水的河流相汇合。有好几个夜晚，大家都安睡了，我披衣下楼，坐在草地上，静静地看头上的月亮。苍穹有淡淡的云翳，絮状，金黄色的月亮在游弋。我沿着校园的小道，在一圈圈地走。冷涩的，清寂的，犹如水底下的幽深之夜，不远处的山峦有稠密的黧黑。我拿起手机，翻看号码，号码有一千多个，但我不知道要把电话打给谁。分享一个夤夜的圆月，除了婆娑的影子，可能很难找出更适合的对象，假如还有的话，那么就是栾树底下的池塘。我在废旧的台阶上，写下《月亮》：

多年，你守身如玉
多年，湖水在疲倦的时间里囤积
你是留给我的。你和我有着相同的皱纹，霜色的旧事
寒凉的露水一遍又一遍说出南方……
噢，你照耀的南方，我所剩的青春屈指可数
在最后的岁月里，你会照耀我辽阔的故园
照耀我小小的心房，痛和温暖在此交织
你是知道的，我日渐枯败，而你圆润如初

苍穹，在这寒凉的深夜里，我无数次地举目凝望，越发深邃无比，星光透明。仿佛是自己无法掌控的内心。在操场上，在山冈上，随便从哪个角度哪个高度去遥望星空，它的高远无法更改。千万亿年前，与我现在看到的星空有区别吗？千万亿年以后，星空又会在哪儿呢？亘古的河流在头顶上静默地流淌，一秒一秒，孱弱得使我们毫无知觉，直至把我们悄悄淹没，把万物销毁，推着四季的车轮碾过，隐没在时间的滑道上。

枯草遮盖的小道，适合一个被月光惊醒的人轻轻漫步。

在异乡，呼呼的狂风会让一个敏感的人彻夜难眠。深冬或早春，雨水不知疲倦地造访。坡地上，操场上，淌细细的水流。学

校处于县城的最高处，在两个山冈的夹坳里，风横穿而过，磕碰到树枝，发出惊骇的声音，呜——呜——呜——。我坐在办公室，风声尖厉地刺进来。高高的合欢树，茂密的香樟树，枝条柔软的枫树，已成了风声的制造机。

在晚上，我的生活是慢节奏的，吃过晚饭，散步半小时，回办公室办公至十点，巡查学生宿舍半小时，回自己蜗居洗刷看电视至十二点睡觉，第二天六点起床，复始一天。而一场大雨把这些秩序打乱。我站在走廊上，雨水噼噼啪啪击打在玻璃上，呜呜呜的风声一阵紧似一阵。风声像是从地下咆哮出来的，开山裂石；也像是洪水浩浩荡荡而过，带来横扫千军如卷席的茫茫气象。听着听着，觉得自己的肺腑已经被淘洗多次，被反复搓揉。而我故土的风声是轻轻慢慢的，送来南方稠密湿润的青草味，雨斜斜飘着，鸟儿匆匆。而这里，天空的阴霾早早地铺满了视野，厚厚的，沉重的，有窒息感——像泥石流。

把办公室的前门关上，后门打开。有人找我，敲敲门，我从后门把人叫进来。来人说：你怎么把办公室换了。我说：没有啊。来人说：怎么看起来不像之前的。我说：开门的位子不一样，给人的空间也不一样，魔幻主义。其实，我开后门，是便于风声早一秒涌进来。初来这里上班的人，都会惊惧如此悲怆的风声。雨把人赶进了宿舍。我却不知所措。

当然，深冬早春，美妙之夜是曼舞雪天。树梢上，屋顶上，草地上，廊檐上，到处都是慢慢淤积的雪。漆黑的夜里，淡淡的灯光给雪花变幻了色泽，是红白黄糅合的杂色。花圃里的茶梅，今夜又将抽出花朵。天越寒，茶梅花越盛大。

夜的长度和孤独的长度有关。我日渐陷于失语。在校园里，每一个夜晚，每一条大路小道，我都要踱步一次。我已很少和外界联系，大部分时间处于失听和至盲的状态。而有几个人，我每每至天黑时，我都会默念他们或她们的名字。我举头仰望天空，他们或她们和星星没区别，那么邈远又那么亲切，朗朗地照彻。或许，他们或她们看见南飞的大雁，也会默念我。而我只能把夜晚一分一秒捏成齑粉，沉默无语。

我们都曾是瓶子里的一条鱼（代后记）

灰蒙蒙的天空、单调的店面招牌，熟悉的面孔、不冷不淡的眼神……骑一辆破旧的飞鸽自行车，从城东到城西从城西到城东……这是我们七十年代生人对于逝去时光中故乡小城的模糊记忆。或许，街头还有一个叫小武的小偷，他属于贾樟柯那个叫作汾阳的县城，属于电影《小武》。又或许，胡同里还有一个杂货铺，里面有一个边教书边做老板，还支着一张麻将桌的“道长”，他属于傅菲饶北河畔的那个小城，属于这本散文集《瓶子里的鱼》。

《瓶子里的鱼》，是其中的一篇散文，我喜欢这个名字，于是拿来做了书名。我已责编过的傅菲的六本散文集，这却是极为特别的一本。

私下聊天中，我常常说，你还要写啊，写那么多，人成了打字机文字成了流水线。打字机，是说他产出之多。几年来，我只要冒出一个念头：我想编一本某某题材的书，你有吗？有！我想编一个某某主题的系列，你有吗？有！他说，写作三十年来，已有超过200万字的文字积累。流水线，是说他行文之长之繁复。长，未免繁而同质（出于篇幅的需要，我有时会把他的文章偷偷掐腰去尾，他觉或不觉我至今不得而知）。傅菲是一个极“自负”的人，每遇我如此“打击”，又确乎被我捏住了“七寸”，便也只能悻悻然：不写了，不写了！我便即兴：你韬光养晦，他日或可飞跃……他沉默片刻，继而反问：不写字，那我干吗呀！于是第二天、第三天、第四天又见他在朋友圈晒目录晒封面晒截图，晒到别人来不及给他点赞。

每个人的心中都流淌着一条属于自己的河流。傅菲的这条河，流淌在指尖，流淌在他经年没边没际的对于饶北河的书写中。他写遍那里的一草一木，他知道每一棵古树的前世今生，他记得每一个季节的风短云长，他熟悉每一种花蜜的味道。他是植物学家，他是地理学家，他是美食家……关于这些，你可以去《大地理想》《瓦屋顶下》《通往时间的上游》《万物柔肠》中一一验证。

我要说的“极为特别”的这本《瓶子里的鱼》，我看了三遍。第一遍，我看而生“疑”——这些文字，摆脱了他一贯的一波三折的“褶皱”式语言表达，完全用在场的自我抒解的方式呈现1990年代一个小城的纹理与脉搏。灯光昏暗，人面模糊，步声踢踏由远而近由近而远，回响在渐行渐远的时光深处……第二遍，我确之为“异”了。书中完全颠覆了他最擅长的“经典散文”式的华丽铺排写作范式，朴素节俭，沉静悠远。与“祖先”的邂逅、对旧人未果的寻访、算命先生、留着涎水的痴儿……他用个体的表达形式，轻松呈现了一代人的集体记忆，不哀不伤，却直击一个时代的隐秘痛楚。

傅菲之于南方，我之于北方，你之于过去的远方，我们都曾是瓶子里的一条鱼。

本书责任编辑　贾江涛

2018年8月印前